吸血鬼たちの淫らな晩餐《ディナー》

田知花千夏

Illustration
みずかねりょう

※本作品の内容はすべてフィクションです。
実在の人物・団体・事件などには一切関係ありません。

CONTENTS

吸血鬼たちの淫らな晩餐《ディナー》

——この人たちに食べられて、ぼくは死ぬんだ。

青年は小柄な痩身を小刻みに震わせ、こちらを眺める兄弟を見上げた。ゆらめくオイルランプの灯りが、どこか幼さの残る青年の横顔に不安げな影を落とす。

広大な屋敷、その一角にある真紅の寝室に青年はいた。彼の寝室だ。部屋の壁、寝台を覆う天蓋、カーテンにカウチ、幾つもの家具が紅と金の豪奢《ごうしゃ》な装飾で彩られている。過ごし慣れているはずの寝室が、今は青年に冷たくそっけない顔を見せる。炎にゆらめく真紅の部屋が人の体内のようだと、初めて思った。まるで、身体《からだ》を巡る血のようだと。

「そんなに怖がることはないよ」

壁にゆったりと背を預けたまま、弟が碧《あお》い目をにこりと細めた。

見た目は二十代半ばというところだろうか。肩につくほどの金の髪をさらりと流し、均整のとれた長身を仕立てのいいラウンジスーツに包んでいる。美しい男だった。六フィートはゆうに超えるだろう。満開に咲き香り立つ百合《ゆり》のような妖美な色香に、青年はくらりと陶酔しそうになる。

からかうような楽しげな口調で、弟が言った。

「食べるといっても、なにも頭からかじりつくわけじゃない。痛いこともない。その首元にほんの少し、この牙を立てるだけだ」

「は、い」

うなずきながらも、やはり歯が鳴って止まらなかった。震える青年に、もうひとりの男、兄が声をかける。

「怯《おび》えるくらいならば、なぜ逃げない？」

兄は暖炉のそばの椅子で悠然と足を組み、硬質な声で告げた。

弟よりも十は年上だろう。すべてを凍らせる冬の夜のような男だった。弟とはまた違った、抗《あらが》いがたい魅力をもっている。支配者然とした逞《たくま》しい体軀《たいく》に怜悧《れいり》な美貌、髪の毛は短いブルネットを乱れなく撫《な》でつけ、目の色は兄弟揃《そろ》って同じ碧だ。

威圧的な風貌に違《たが》わず、その低い声音にも一瞬で相手を服従させる迫力があった。

「それとも怯えすぎて、部屋の隅で震えることしかできないか？」

「いえ……」

冷たく告げる兄に、青年は小さくかぶりを振った。

「……逃げたりなんて、しません。おふたりに拾っていただいたときから、ぼくは、ご兄弟のものですから」

か細いがはっきりした声で、青年は告げる。

「いい子だ」

壁から背を離し、弟がゆっくりとこちらに近づいてくる。

背筋を伸ばして佇《たたず》む青年を見下ろし、その頰に手を伸ばしてきた。手の甲で優しく撫でられ、指先の冷たさにビクリとしてしまう。失礼な態度を取ってしまったと青ざめる青年に、弟はあやすような微笑《ほほえ》みを向けた。

「ご褒美に、うんと優しく血を吸ってあげる。大丈夫、君が従順にしてさえいれば、恐ろしいことなんてなにもないのだから」

頰に触れる手が滑るように首筋に下り、慣れた手つきで青年のタイをほどいた。

シュッと響く衣擦《きぬず》れの音に、青年の喉が小さく鳴る。

「君の血は、どれほど甘いのだろうね」

歌うようなテノールが心地よく耳に響く。しかし微笑む口元からちらりとのぞく牙が、彼らが優しいばかりでないことを告げていた。

男の唇が首筋に落ちる。

刹那、つぷりと走った痛覚に身体が震えた。同時に、疼《うず》くようなたしかな熱が生まれる。

脈々と流れる生命の証。――血の温もりだ。

(彼らに食べられて死ぬのなら、構わない……)

心の中で呟《つぶや》いて、青年はきつく瞼《まぶた》を閉じた。

五年前の冬の日。ロンドンの街角で兄弟に拾われたあの日から、青年の――ハルの身体と心、すべてが彼らのものなのだから。

1

十九世紀末、ロンドン。

その日は霧と煤煙《ばいえん》がひどい日で、真昼でもすでに街中にガス灯が灯《とも》っていた。

日曜の礼拝を終え、ハルは見通しの悪い路地を痩せ細った二本の足でふらふらと進む。親もなく仕事もないハルの帰る先は、イーストエンドの一角にある救貧院だ。二月の聖灰水曜日が過ぎたばかりで春はまだ遠く、ちらちらと雪が降っていた。

ハルは自分の両親の顔を知らない。

ハルという名前は、数年を過ごした養育院でつけられたものだ。両親が自分をなんと呼んでいたのか、知りようもなかった。三歳か四歳か、それくらいのころに養育院の前に置き去りにされていたらしい。そのため、自分の正確な年齢もわからない。

九つになり、養育院を出る年になっても奉公先は見つからず、ハルは救貧院に送られることとなった。仕事を求めていたが、人があふれているロンドンでは、経歴も後ろ盾もない子供の働ける場所など簡単には見つからない。

さらに、東洋を思わせる黒髪や黒目、そして周りの子供以上に幼く小さな身体が、引き取りを渋る理由となるようだった。純粋なイギリス人ではないのだろうと、悪意まじりに言われることもしょっちゅうだ。

働きたかった。貧しさは本人の愚かさと怠けのせい。生まれながらの役立たずなせい。職員たちは口を揃えてハルたちをそうなじり、些細《ささい》な失敗を見つけては折檻《せっかん》する。救貧院で行うどの仕事も、怠けているつもりなんてない。それはハルだけではなく、誰もが同じだ。けれどそんなことを言おうものなら、すぐに杖《つえ》が飛んできた。

こんな日々がいつまで続くのだろう。逃げだしたい。ここではないどこかへ。どこか遠くへ。

——だけど、どこへ？

どこにもそんな場所なんてないことくらい、ハルの小さな頭でもわかっている。

それでももう、愚かな怠け者でいるのは、いやなのだ。

泥と雪に覆われてぬかるんだ地面に足を取られないよう、ハルは神経を張りつめて歩いた。半分以上剥がれた靴底がぱかぱかと鳴って、凍るような泥水が染みて足まで濡《ぬ》らす。あかぎれのある爪先が痛かった。それでも靴があるだけマシだ。施しで与えられたそれはぶかぶかだが、文句を言えるはずもない。

それに壊れた靴よりも、救貧院の孤児の証《あかし》であるバッジや制服を身につけて教会に向かうことよりも、——なにより飢えが辛《つら》かった。

すでに昼食の時間は過ぎているので、これから夜までひとしきり働いたあとでなければ食事が出ない。ポテトかパンをひとつかふたつ、それに一杯の粥《ポリッジ》か水のように薄いスープ。運がよければバターがつくけれど、一昨日《おととい》ついたばかりなので今夜は無理だろう。ぬかるみを走り抜ける鼠《ねずみ》を見て、喉が鳴る。

唾と一緒に胃液が迫《せ》り上がり、口の中が灼《や》けるような思いがした。

今にも崩れ落ちそうな波打つ壁の間を通り過ぎ、露店が並ぶ小さな市場に出た。救貧院から目と鼻の先にある広場だ。彼らもこの寒さの中での商売は辛いだろうが、呼びかけの声は賑《にぎ》やかだった。人通りも多い。露店の他、籠や手押し車で行商している者もいる。

市場には花や雑貨、ミルク、それに食べ物も並んでいた。焼いたりんご、甘い香りの漂うクランペット、それにマフィン……。

ハルはきつく目をつむり、呼吸を止めて救貧院を目指した。

そこには食べ物がある。鼻先をかすめる匂いに、胃の辺りがひっくり返りそうに痛んだ。一瞬、苦いものが込み上げそうになるが、空っぽの身体からは涙も胃液も出てこなかった。がさがさに荒れた唇をかみしめて市場を抜ける。

ふと、背後が騒がしくなった。

「──こらっ、離せ！　馬鹿犬！」

中年の男が抱えた籠に、痩せた犬が食らいついているところだった。

あばらの浮いた身体のどこにそんな力が残っているのか、犬はひゅうひゅうと空気のまじったような声で吠《ほ》え、男の籠を奪おうとする。犬との競り合いに負け、男が尻から転び、籠を手放した。

その拍子に犬のくわえた籠からロールパンが飛びだし、地面に落ちる。

冗談じゃないと慌てて拾い集める男の周りに、ハルよりももっと小さな子供たちがわっと群がった。パンを狙っているのだ。男は顔を真っ赤にして振りはらうが、人数が多く全員を散らすことはできないようだ。

喧噪《けんそう》の中、男が背を向けたこちら側にも、パンがころころと転がってくる。

ハルはなにを考える余裕もなく、無我夢中でパンを拾った。あらかたの子供は逃げてしまったが、男は残ったパンを拾うのに必死で気づいていない。悪いことだとは、もちろんわかっていた。だけど迷うよりも先に身体が動いた。

だってパンが、――パンがあるのだ。

ハルはたまらずパンにかじりつこうとする。

しかし唐突に激しい痛みが頬に走り、ハルはそのままぬかるんだ地面に倒れ込んだ。頬を張られたのだ。

「あ……っ」

ハルは呆然《ぼうぜん》とパンを見つめた。もう少しで口に入るはずだったパンが、転がり落ちて泥にまみれている。汚水に濡れたパンに、ハルは必死になって手を伸ばした。

指先がパンに触れる間際、ハルのかたわらに立つ老年の女が声を張り上げた。

「泥棒だよ！　こいつも、パンを盗みやがった！」

女の金切り声に、周囲の目が一斉にハルに集まる。不穏な空気が広がり、中でも損失を出したパン売りの男が、食いつかんばかりの目でハルを睨《にら》みつけた。

「このガキ……、救貧院のガキか！」

ハルのつけたバッジに気づいたのか、パン売りの怒りがいっそう激しくなる。

周りを囲む大人たちも、容赦なく野次を飛ばした。

「あんたらを食わすのに、あたしらがいくら国に納めてると思うんだい！」

「こっちだって食うだけでやっとだってのに、毎日遊んでタダ飯食った挙げ句、泥棒するとはなんてガキだ」

「まさか、さっきのヤツらとグルだったんじゃないのか？　……いや、ぜったいにそうだ、そうなんだろう!?」

「誰か、警官を呼んでこい。突きだしちまえ！」

違うと否定することも、謝罪することもできなかった。

喉に詰まって言葉が出ない。打擲《ちょうちゃく》されたせいで滲《にじ》む視界に、地面に落ちたパンが映り込んだ。しかし、次々に集まる野次馬に踏みつぶされたのか、潰れてぐちゃぐちゃになっている。

——もう食べられない。

それを見てようやく、自分はなんて恐ろしいことをしたのかと我に返った。

盗むつもりなんてなかった。罪を犯すつもりなんてなかった。それなのにパンを盗んでしまったのは、やはり周りの大人の言うように、ハルが愚かで怠け者なせいだろうか。だけど、ひもじくてとても耐えられなかったのだ。

募る緊張の中、ふいに背後から声がかかる。

その穏やかな調子に、辺りに広がる緊迫感がふっと途切れた。

「いくらだい？」

後ろを振り仰ぐと、そこには若い紳士が立っていた。

流れるような金髪が美しい男だった。比翼仕立てのコートはあつらえたばかりのように皺《しわ》ひとつなく、磨き上げられた靴にトップハット、革の手袋をはめた手で黒檀《こくたん》のすらりとしたステッキを握っている。あきらかに、イーストエンドの市場には不似合いな男だった。貴族かジェントリの子息だろうか。みずから外に出て買い物を、それもこんな市場で買いそろえるような身分には見えない。

男は碧い目をにこりと細め、悠然と微笑んだ。そのあまりの美しさと場にそぐわない鷹揚《おうよう》とした仕草に、周りも言葉を失っているようだ。

水を打ったような静けさの中、紳士はもう一度、いくらだいと繰り返した。

「だいたいのことはわかってるよ。そこの紳士が犬に襲われていたところを見ていたからね。その少年のパンの代金は、僕がお支払いするよ」

「……なんだい、あんた」

パン売りはようやく我に返り、眉間に皺をよせる。

「あんた、そいつの知り合いかなんかかい？　……主人や家族ってなふうには、とても見えねえがな」

「そうだけど、少し、その子に頼みたいことがあってね」

「頼みたいこと？　あんたがこの子供に？」

「ああ。それに、僕の兄からも」

それだけ答えて、男がちらりと背後を振り返る。

二ヤードほど先に、一台の馬車が停《と》まっていた。霧の濃さと暗さで、馬車の中を窺《うかが》い知ることは難しかった。ぼんやりと見える輪郭で、どうにか馬車だと判断できるくらいだ。

男が兄と呼ぶ人は、あの中にいるのだろうか。

「だから、その少年のことはこちらに任せてくれないかな」

「あのなぁ、貴族様のお考えなんぞ俺らにゃわからんが、こいつのやったことは泥棒だぜ？　盗人は警官に突き出すって決まってんだ。こういうのは金の問題じゃあ――」

「これで足りるね？」

怒りが収まらないパン売りに構わず、紳士はソブリン金貨を手渡した。チャリチャリと聞こえる音から察するに、一枚や二枚ではなさそうだ。

パン売りは一瞬大きく目を見ひらき、すぐに「毎度」と金貨をポケットにしまった。

「……とっとと連れてきな」

そう言うなり、パン売りはさっと紳士に背を向ける。周囲からは現金なパン売りの態度に不満の声が上がるが、軽くなった籠を振り回して散らしていた。

男はもう、そんな彼らのやりとりになど関心がないらしい。喧噪を背にして、ハルに手を差し伸べてきた。

「立てるかい？」

その優雅な碧い目に、吸い込まれそうに感じる。

（なんて、きれいな人……）

これほど美しい人間がいるなんて、ハルは知らなかった。教会のステンドグラスの天使様みたいだ。みとれて呼吸さえ忘れそうになる。

反射的に手を伸ばしそうになるが、掠《かす》れひとつない紳士の手袋に気づき、ハルはすぐに躊《ちゅう》躇《ちょ》した。泥にまみれた身体では、とてもこの人に触れない。

慌てて手を引っこめようとするハルの手を、しかし男は強引につかむ。

そのまま引き上げられ、軽々と立たされた。予想外の力強さにギクリとする。男の身体はハルよりもずっと大きく逞しいけれど、それにしたって庭先の花でも摘み上げるようなたやすさで腕を引かれたからだ。

ハルを立たせてもなお、男はハルの手を離さなかった。

ハルはうろたえながら、おずおずと口を開く。

「あの、あり、ありがとう、ございました。でも、お、おかね、は……」

「そんなことはどうでもいいよ。それよりも、君、救貧院で暮らしているというのは本当？」

男の質問に、言葉が詰まる。

「ご家族は？」

「……い、いない、です」

「ひとりも？　ご親戚は？」

ハルは無言のまま、もう一度かぶりを振った。

「そう」

なぜか満足そうに目を細め、男が言った。

「こんなに痩せて、土にまみれて可哀想に。辛かったね。——だけど僕なら、君を助けてあげられるかもしれない」

「え？」

「幸せになりたくはない？」

「幸せ……？」

男の問いに、なぜか胸の鼓動が大きくはずむ。

「パンが欲しいのならあげるよ。カスタードでもショート・ケーキでもスコーンでも、いくらでもね。お腹がふくれたあとは身体の汚れを落として、コートを仕立てさせよう。……ああ、それよりも、まずはゆっくり身体を休めるべきかな。顔色が真っ青だから」

「あ、あの」

紳士がなにを言っているのかわからない。もちろん、言葉の意味は理解できるけれど、縁などない見ず知らずの紳士がハルにパンやコートを与える理由がわからなかった。馬車の中に兄がいると話していたけれど、その人もそれを望んでいるのだろうか。

同情？　施し？　それとも——？

「な、なんで……」

「さあ、どうしてだと思う？」

男はにっこりと微笑み、つかんだままのハルの手を強く引いた。そのまま腰を屈《かが》めて唇を当てられ、ハルは卒倒しそうになる。男性から男性に——それも地位のありそうな紳士がやせっぽちの孤児にキスをするなんて、信じられない光景だ。

それも、キスをされているのが自分だなんて！

大きな戸惑いと同時に、手首にツキリと小さな痛みが走る。

「……っ」

突然強い目眩《めまい》に襲われ、ハルはふらりと倒れそうになる。男はハルの身体を支え、コートが汚れることも気にせず抱き上げた。

「あ……」

「では、行こうか」

どこへ、とは訊《き》けなかった。急激な眠気に口を開くこともできない。目の、耳の、指先の、全身の感覚が鈍くて、ずっと遠くにあるように感じた。自分の身体ではないみたいだ。どうして急に、と霞《かす》む目で男を見上げる。

そして初めて、穏やかに微笑むその目の奥がどこか空虚なことに気がついた。

さっきまでハルを見下ろしていた大人たちの怒る目とも、見下し蔑む救貧院の職員の目とも違う、もっと無機質で冷たい眼差《まなざ》しだ。ふと視界に入り込んでくる、なんでもない建物や馬車や、あるいは石ころでも見るような。

――この人は、いったい？

薄れゆく意識の中、ハルは男の声を聞いた。

「君が美味《おい》しそうだからだよ」


次に目覚めたその瞬間から、ハルの世界は一変した。

ハルが一日の最初に味わうものは、牢獄《ろうごく》にも似た救貧院の天井の圧迫感と空腹ではなく、起き抜けのあたたかな紅茶となった。男は約束どおり、ハルに食事も衣服もすべてを与えてくれた。広大な屋敷の中で、多くの使用人に傅《かしず》かれる生活が始まったのだ。

広間に大広間、無数の絵画や彫刻の並ぶ回廊、書斎に応接室に食堂、そして幾つもの彩りの異なる寝室……。コートやシャツはすべて身体にぴったりと合った仕立て品で、膝の破けたズボンの継ぎを考える必要などなくなった。三度の食事にティータイム。ベルを鳴らせば、サンドウィッチやフルーツ、チーズにビスケットとよりどりみどりだ。

初めのうちは突如始まった見知らぬ屋敷での暮らしに戸惑ったが、救貧院に戻ることを思うと、そちらのほうがずっと恐ろしかった。どうか夢ならば覚めないでと願いつづけて、数日、数ヶ月、やがて一年という月日が流れた――。

ハルを引き取ってくれた紳士は、東欧の貴族であるバートリ伯爵家の兄弟らしい。

ロンドンの市場でハルに声をかけてくれた美しい人が弟のフェリクスで、まだ見ぬ兄の名はアルベルトというそうだ。この屋敷はロンドン郊外に建つもので、維持に苦しんだ子爵家一家から、兄弟が敷地ごと購入したという話だった。

しかし兄弟の姿をこの屋敷で見かけることはなかった。

莫大な費用をかけて手に入れたはずの屋敷を不在にしているふたりは、現在、故郷に戻っているようだ。偶然耳にした、女中たちの噂話《うわさばなし》から得た情報だった。

(一度でもいいからおふたりに会いたい。……会って、お礼を言いたい)

市場での窮地から助けてくれたことや、ハルを引き取ってくれたこと。どれだけ感謝をしてもしきれない。愚かな怠け者だと馬鹿にされてばかりだったハルを、彼らの屋敷に受け入れてくれたのだ。

叶《かな》うことならば、自分の言葉で感謝の気持ちを伝えたかったが、彼らが屋敷に戻る様子はなかった。

そして本来の主である兄弟の不在の中、屋敷の主はハルだった。

最初のうちは食事のマナーひとつ、使用人への声かけひとつにも戸惑い緊張してばかりいたが、ハルの教育係にと兄弟が残していった家庭教師、ナジの指導のおかげで、最近では慌てふためくことも少なくなっている。おどおどと下を向いて歩く癖や、すぐにつっかえてしまう口調、労働者階級特有の訛《なま》りも彼は好まず、逐一指摘され、矯正された。

ナジは三十手前の物腰のやわらかな優男で、眼鏡をかけていつもおっとりと微笑んでいた。しかし優しげな外見に反して中身は非常に厳しく、ハルはひと声かけるのにも緊張しどおしだった。

ナジは使用人だが、他の使用人たちとは立ち位置が違うようだ。屋敷の現主人であるバートリ家に昔から仕えていたということなので、そのせいもあるのだろう。他の使用人たちは、以前の子爵家の代から屋敷に仕えていたものがほとんどだ。

兄弟に引き取られたハルのほうが形式上は立場が上だが、ここでは本当の主はナジだった。

使用人は皆彼に気を遣っていたし、それはハルも同様だ。

読み書きや算術、それに西洋や周辺諸国の大まかな歴史などを教えてくれたのもナジだった。ただ、どれほど言葉を学んでも読書は基本的に禁止されていて、憶《おぼ》えたところであまり使い道はなかった。書斎を埋め尽くす書籍にハルが手をつけることは許されず、新聞は特に厳しく遠ざけられている。

「不必要な知識は、秩序を乱す原因となります」

ナジはハルによくそう言った。

同じく外出も禁止され、広間と繋《つな》がっている庭園であっても、ナジはハルが館の外に出ることを了承しなかった。使用人たちとの会話も固く禁じられ、いつも給仕してくれている執事や従僕とさえ、ハルは会話らしい会話を交わしたことがない。

——しかし一度だけ、ハルはそれに逆らったことがある。

イギリスの歴史、数百年前にフランスの王位継承をめぐって起こった長い戦いについて教わっていたときのことだった。

ちょうど話のきりがついたところで、ハルは思い切ってナジに尋ねた。

「今日の課題を終えたら、少しだけ、庭を歩いてはいけませんか」

「庭をですか?」

どこか意外そうに、ナジはハルを見返していた。これまで、ハルはほとんど自分の意見を口にすることがなかった。めずらしいことだと、そう思っているのだろう。

緊張してうつむきそうになる顔をどうにか上げて、ハルは続けた。

「庭園の薔薇《ばら》が蕾《つぼみ》をつけはじめたのだと、ベスに教えてもらったんです」

ベスとはもう十年は屋敷に勤めている女中だ。使用人にはめずらしく、ハルと会話を交わしてくれる人だった。ハルが屋敷から出られないことは、使用人たちも皆知っている。ぽつんとひとりで過ごすハルのことが気になるのだろう。立場の違いはあれど、周囲の目がないときにはさりげなく声をかけてくれていた。

せめてもの慰めになればと、ベスは屋敷で起こったちょっとした変化などをいつも楽しく話してくれる。今朝は庭園の薔薇が蕾をつけはじめたという話をしてくれた。淡く色づく小さな蕾を想像すると、ハルの胸は小さくはずんだ。

見てみたい。……だけど、庭に出ることは許されていない。そう悄然《しょうぜん》とするハルに、頼むだけ頼んでみたらどうでしょうかと、そう提案してくれたのもベスだった。

ハルはおそるおそるナジに訊く。

「……だめでしょうか」

ナジはいつものように穏やかに口角を上げたまま、卓上に広げていた本を閉じた。

「ハル様によけいな考えを吹き込むなんて、困った女中ですね。すぐにでも、その女中を解雇しましょう」

「……え？」

耳を疑って呆然とするハルに、ナジは平然と続ける。

「ハル様のお身体は、ハル様だけのものではないのです。外気に触れたり、ましてや卑しい身の者と口をきいたりしては、どのような悪影響があるかわかりません」

「卑しいって……、それに、ベスを解雇だなんて」

「わたくしには、ハル様をお守りする義務があります」

ハルの言葉を封じるように、ナジがぴしゃりと告げた。

「ハル様はご兄弟からの大切な預かり物です。あなたはこの屋敷で、お心を煩わせることなどなく、ただお健やかに過ごされればよろしいのです。なぜ、何不自由のない毎日に不満をもたれるのです」

「不満なんてありません、違うんです」

ほんの少し、庭を歩きたかっただけだ。ベスが見たという小さな薔薇の蕾を、ハルもこの目で見てみたかっただけなのだ。

充分すぎる生活を与えられていることには、もちろん感謝していた。けれど屋敷の中だけでほとんど会話もなくひとりぼっちで過ごしていると、たまに胸が塞がれるような昏《くら》い思いに襲われる。

屋敷には多くの人がいるが、そのほとんどの人の目がハルを素通りしていった。主人として恭しく接してくれることが、かえって彼らとの距離を大きく感じさせる。誰の目にも留まらないことに、心にぽっかりと穴が空いたような空《むな》しさを覚えた。

……なぜだろう。こんなに満たされているはずなのに、自分でもよくわからない。

この気持ちをナジにどう伝えればいいのかもわからなかった。自分でも理解できていないのだから、他人に伝えることなんてできやしない。

うつむいて黙り込んだハルを反抗的に捉えたのか、ナジはぴしゃりと告げた。

「あまりに聞き分けがないようでは、ご兄弟に見捨てられてしまいますよ」

ぎくりとして、ハルは勢いよく顔を上げる。

ハルの行いで少しでも気にかかることがあると、ナジは眼鏡の奥にいつもと変わらない微笑みをたたえてはっきりとこう告げた。兄弟に捨てられることを恐れるハルに、その言葉の威力は絶大だ。

兄弟の存在を出されては、ハルにはもうなにを言うこともできなくなる。

「……勝手なことを言って、すみませんでした」

素直に謝罪すると、ナジが穏やかにうなずいた。

ただ、外に出たいなんて二度と言わないからどうかベスを辞めさせないでほしいと、それだけは必死に懇願した。しかしそれ以来、ハルは一度も彼女を屋敷で見かけていない。

自分が我儘《わがまま》を言ってしまったせいだ。ハルはそう思い、ひどく塞ぎ込んだ。

ベスの解雇の件以来、ハルは必要なこと以外は喋《しゃべ》らないようにと、めったに口を開かなくなった。自分がよけいなことをしなければ、自分にも周りの人にも、哀《かな》しいことは起こらない。逆らってはいけないのだ。そう考え、たったひと言を口にするのにも、深い考えと判断を必要とするようになった。

（ナジさんの言うことは、ご兄弟の言うことだ。……ご兄弟の望まれるようにしないと）

何度も何度も、ハルはそう心の中で繰り返した。

そうして周りと距離を置いて自分の内にこもるにつれて、ハルの中で兄弟の存在は大きくなっていった。彼らへの憧憬と尊敬、そして感謝の気持ちだけが、ハルの心をいっぱいに満たしていく。

彼らのことを想《おも》うとき、ハルは必ず市場でかけられたフェリクスの言葉を思い出した。

――幸せになりたくはない？

泥にまみれたハルの手を取って尋ねてくれた、フェリクスの優しい声。その問いを反芻《はんすう》しては、ハルはいつも心の中で答えた。

――幸せです。もう充分すぎるほど。

だからどうか、この屋敷に戻ってきてほしい。そしてなぜハルを引き取ったのか、その理由を教えてほしい。

大事に育てられる理由もわからず、安穏とした時間だけが空虚に流れる毎日は、ハルの心をますます空っぽにしていった。広がる孤独感の中で、ハルは何度も自問した。

なぜ、自分は生きているのだろう？

一度も、誰にも必要とされないまま、なんのために？

彼らがハルを育ててくれていることに理由があるとするならば、それを知りたかった。なんの役にも立てない自分になにか求めるものがあるのなら、ハルはなんにだって応えたいと願った。

ハルに初めて優しくしてくれた人。バッジをつけて通った日曜の礼拝で、どれだけ祈っても与えられなかった救いを授けてくれた伯爵家の兄弟……。

彼らに会いたいという気持ちがふくらみ、身体からあふれでそうなほどだった。

（お会いしたい。どうか、このお屋敷に戻ってきてください）

そうして願いつづけた兄弟との対面が叶ったのは、ハルが屋敷に引き取られてから五年が過ぎた、とある冬の日だ。

十二月の聖誕祭から数日降りつづけていた雪が、ようやく止《や》んだ朝だった。

「本日、ご兄弟がこちらに到着されます」

「え……？」

起こされるのと同時にそう告げられ、ハルは一気に覚醒する。

その日、ハルを起こしに来たのはナジだった。いつもならば目覚めるころには灯っているはずの暖炉に火はなく、紅茶を運ぶ執事もいない。屋敷中が異様に静まり返っていて、眩《まばゆ》い朝の日差しの中でも妙な薄暗さを覚えた。

「おふたりが、この屋敷に戻ってくるのですか？」

ええ、とナジがいつものおっとりとした調子で答える。

「ハル様は、アルベルト様には、初めてお目にかかるのでしたか」

「そうです。拾っていただいたときは、フェリクス様にしかお会いできなくて……。気分が悪くなって、倒れてしまったんです。起きたときには、もうこの屋敷にいたので」

「さようでしたね」

ナジと話しながら、にわかに気分が高揚していく。

（信じられない……、本当に？　やっと、ご兄弟に会えるんだ！）

伯爵家の兄弟、夢にまで見た恩人の姿をようやく目にすることができる。期待に胸が高鳴り、頬が紅潮していった。悦《よろこ》びに小さく震える身体を、ハルは宥《なだ》めるように抱きしめた。ナジの言葉を聞いた今もまだ、彼らに会えるなんて信じられずにいる。

めずらしく夢見心地で興奮するハルとは対照的に、ナジはその日の予定でも伝えるような平《へい》坦《たん》な口調で告げた。

「ただ、ご兄弟にお会いいただく前に、いくつかご理解いただきたいことがございます」

「はい、なんでしょう」

そわそわと落ち着かない気持ちのまま訊き返す。

単刀直入に申します、とナジはやはり淡々と口にした。

「わたくしたちは人間ではありません」

「……え？」

ハルはシーツをつかみ、きょとんとナジを見上げた。兄弟との再会に浮き立った心の表面を、ナジの言葉がつるりと滑って落ちる。――人間ではない。ナジはそう言いきるが、ハルの目にはどう見ても人間にしか見えなかった。からかわれているのかとも考えるが、生真面目なナジには冗談など似合わない。

舞い上がり、どこか放心状態のハルに、ナジはきっぱりと言い放つ。

「そのままの意味です。わたくしたちは人間ではなく、吸血鬼なのです」

2

――わたくしたちは人間ではなく、吸血鬼なのです。

起き抜けに告げられた突拍子もないナジの告白を、ハルは呆然と繰り返した。

「吸血鬼……？」

言葉の意味はわかる。吸血鬼。人の血を吸って生きる魔物だ。ナジは、自分や兄弟がその吸血鬼であると言っている。しかし、五年も一緒に過ごした彼が吸血鬼だなんて、ハルには到底信じられないことだった。

吸血鬼という魔物は陽光を嫌い、同様に大蒜《にんにく》や十字架を恐れるという。生き血を啜《すす》り、街に疫病を撒《ま》き散らす恐ろしい存在だ。だがナジは、今も朝日の差し込む窓際に平然と立ってハルを見下ろしている。

たしかに、ナジとは同じ食卓を囲んだことはおろかお茶を飲んだこともないけれど、それは、ナジが教育係とはいえ使用人で、ハルがこの屋敷に引き取られたという立場にあるからだ。彼が人の食事ではなく人間の血を吸うだなんて、想像もつかない。

ハルはかすかに唇の端を上げて笑顔をつくり、ナジに尋ねた。

「冗談、なんですよね？」

「いえ」

はっきりとナジは答える。

「ハル様にこうした冗談を申し上げる理由はございません」

「ですが、ナジさんは今だって日の光を浴びてますし、とても吸血鬼のようには……」

言い淀《よど》むハルに、ナジは滔々《とうとう》と告げた。

「日光を始め、人間が吸血鬼の弱点と考えるものは、わたくしたちになんの影響もございません。糧とするもの以外では、人間とそう変わるところはないのです。ただ、寿命や肉体的な性能——五感や体力については、わたくしたちのほうが数段優れてはおりますが」

ナジは困惑して言葉をなくすハルに構わず続ける。

「ご兄弟は、吸血鬼の中でも純血種と呼ばれる希有《けう》な存在です。人の有史以前にも遡るほどの歴史をもつ、名家の生まれでいらっしゃる」

言葉を区切り、ナジはまっすぐにハルを見返した。

「そしてご兄弟は、幸福に生きる者の血を望んでおられます」

「幸福に、生きる者……？」

「ええ。幸福に生きる人間の血は、わたくしたち吸血鬼にとって、この上なく甘美なものなのです」

戸惑いに揺れていた心が、ついに地に落ちた。心音が壊れたように激しく高鳴りはじめる。

眼鏡の奥で細められるナジの目の冷たさに、ハルの目の前が真っ暗になった。

「――そのために、ぼくはこの屋敷に引き取られたのですか」

「察しがよろしくて助かります」

あまりの衝撃に、もう声も出なかった。

何不自由のない暮らしと安全を約束された毎日。多くの人間に傅かれ、食べるものにも困らず、これ以上の贅沢《ぜいたく》はないという日々を送っていた。それはつまり、ハルに幸福を与えて、その血を兄弟の満足できるものにするためだったのだ。

全身から血の気が引いていく。ついさっきまで兄弟に会えることを夢のように思って喜んでいたはずなのに嘘《うそ》のようだ。

ナジの言葉はあまりに現実離れしていてすぐに受け入れることは難しい。

五年間、ずっと憧れつづけた兄弟が人ではなく、ハルの血を求めているなんて。

ナジの用事はこれですべて済んだらしい。伝えるべきことをすべて伝えた彼にはもう、ハルのために割く時間などないようだ。激しく戸惑うハルを気遣う様子もなく、わたくしはこれで退室しますがと、扉のほうに目線を向けた。

「念のため、ご兄弟に面会いただくまでは部屋に鍵をかけさせていただきます。ご用があればいつものようにベルをお鳴らしください」

「……はい」

ハルがどうにかうなずくと、ナジはにこりと微笑んだ。すぐに踵《きびす》を返してハルのもとを離れ、廊下へと向かう。

しかし寝室を出る間際、ふとナジが立ち止まった。

「それと、万が一にも、おかしなことはお考えにならないほうがよろしいかと。この屋敷にいる人間は、今はハル様おひとりだけですから」

振り返りもせずに告げ、ナジは部屋を出ていった。ひどく混乱したまま、ハルはひとり部屋に残される。ガチャリと鍵のかかる金属音を、ハルは自分には無縁の遠い出来事のように聞いていた。

(ご兄弟が、人間じゃない……?)

しかしそんな中でも、ひとつだけはっきりしていることがあった。

どんな存在であろうとも、兄弟はハルに手を差し伸べてくれた唯一の存在だということだ。

兄弟が屋敷に到着したのは、辺りが完全に闇に包まれた夜更けのことだった。

早朝にナジから話を聞かされ、ハルは閉じ込められた部屋の中でずっと考えていた。

人ではないという彼らに対して、恐ろしさはある。戸惑いもある。吸血鬼に血を吸われたら、きっと自分は死んでしまうのだろう。これまでは遠かったはずの死の足音に、震えずにはいられなかった。

それでも彼らから逃げて生き延びようという考えは浮かばなかった。夢に見るほどの憧憬を抱いていたふたりに、やはりハルは会いたかったのだ。

煩悶《はんもん》しているうちに時間は過ぎ、兄弟はナジの案内でハルの寝室までやってきた。冷たげな眼差しでブルネットの髪の男が兄のアルベルト、優しく微笑む金髪の男が、ハルをロンドンの市場で助けてくれた弟のフェリクスだ。

兄弟の纏《まと》う雰囲気はそれぞれ異なるが、人を惹《ひ》きつけてやまないサファイアのような眼差しは同じだった。その碧い瞳の輝きには、いっさいの温もりというものがない。それは冷徹な表情のアルベルトも優美に目を細めるフェリクスも変わらなかった。

――そして今、ハルの首筋にはフェリクスの牙が突き立てられている。

（やっぱり、きれいな人……。フェリクス様も、初めてお会いするアルベルト様も）

血を吸われながら、そんなふうに思う自分がおかしい。ナジの話を聞いても完全には信じきれずにいたけれど、こうなってしまえばもう疑いようがなかった。実際に血を吸われると、緊張するばかりだった心が不思議と少し落ち着いた。フェリクスの吸血が、想像していたものとは違って優しいせいだろうか。

痛みはなかった。広げられた襟元に当たるやわらかな長い髪がくすぐったいくらいだ。不快感どころか、吸血されている首筋に波のような熱がじんわりと広がり、微睡《まどろ》みに似た心地よさを覚える。

わずかに血を啜り、フェリクスがハルの首筋から唇を離した。真顔のままでぼそりと呟く。

「これは……」

それ以上は言わず、フェリクスはアルベルトにも血を吸うようにと促した。渋々という様子で、アルベルトは椅子から立ち上がり、ハルのもとに近づいてくる。

間近で見下ろされると、情の欠片《かけら》も感じない威圧的な姿に気圧《けお》された。緊張に身を縮ませるハルには構わず、アルベルトは遠慮などない様子で首筋に牙を立てる。

「っ」

フェリクスが吸血したのとは逆側の首を咬《か》まれ、ハルはびくりと息をのむ。しかしすぐに口を離し、アルベルトが端整な顔をきつく歪《ゆが》めてフェリクスを振り返った。

「なんだこれは」

忌まわしげに呟き、口に含んだ血をハンカチで拭う。

「なにが甘美な血だ。不味《まず》くて口にできたものではない」

「え……?」

アルベルトの言葉に、頬を張られたような衝撃を覚える。――不味くて口にできたものではない。つまりこの身体に流れる血は、兄弟の望む血には程遠いということだ。

フェリクスが長い髪をさらりとかき上げ、小さく息を吐いた。

「おかしいな、こんなはずではなかったのだけど」

時期が早かったのかなと、フェリクスがハルに目線を向ける。期待外れだと、その目が言外に告げていた。わけもわからず、喉の奥がツンと苦く引きつる。

目元が赤くなるのをごまかすように、ハルはその場でうつむいた。顔まで歪みそうになるが、情けない表情を兄弟に見せるわけにはいかない。ハルは込み上げそうになるものをどうにかこらえ、消え入りそうな声で謝罪した。

「申し訳、ありません」

「ん？」

謝るハルに、フェリクスがふと首をかしげる。

「ちっとも、お役に立てなくて……」

ハルは青ざめ、頼りなく唇を震わせる。そんなハルの反応が意外だったのか、フェリクスが、その顔を覗《のぞ》き込んできた。

「どうして君が謝るの？」

「……え？」

そう訊かれ、ハルはふと顔を上げる。

「血の味なんて、自分ではどうにもできないことだろう？　それとも、吸血鬼の僕たちが恐ろしくて、とりあえず謝罪してるのかな」

直截《ちょくせつ》な言い様ではあるが、フェリクスは純粋に不思議そうな顔をしていた。ハルはわずかに迷うが、問われるまま素直に答えた。

「自分でもよく、わからないんです、でも……」

「でも？」

「大事に育てていただきながら、血が少しも美味しくなかったなんて、申し訳ないです。それに、ようやくおふたりに会えたのに、こんなことじゃ、おそばにいる理由が……」

口にしながら、喉の奥に苦みがさらに広がった。

ハルがこの屋敷にいるのは、兄弟に上等な血を提供するためだ。それなのに肝心の血に満足してもらえないとなれば、彼らのそばにいる必要がなくなってしまう。今すぐに屋敷を追い出されてもおかしくないのだ。

人ではない彼らに恐れはあるが、それ以上に役に立ちたいという気持ちのほうが勝っていた。行き場のないハルに手を差し伸べて、居場所を与えてくれた恩人だ。彼らが吸血鬼でも、その恩は変わらない。なにもできない自分が彼らの力になれるのならば、この血を差し出すという行為でも嬉《うれ》しかった。

誰かに必要とされることが、初めてだった。

「へえ」

怯えながらも従順なハルに、フェリクスは満足そうに口を開いた。

「血の味は見当外れだったけど、僕たちはなかなかいい拾いものをしたかもしれないな。とても素直だし、なにより可愛《かわい》らしく成長してくれた。――そういえば、君の名前はなんといったかな、たしか……」

「ハルと申します」

ハル、とフェリクスは口の中で確かめるように繰り返す。

「君は僕たちのために幸せにならなくてはいけない。そうだね？」

「はい」

「やめておけ、時間の無駄だ」

楽しげに微笑むフェリクスとは対照的に、アルベルトは冷淡に吐きすてた。

「何不自由のない贅沢な暮らしを与えてもなお、それの血はとても口にできたものではなかったではないか。甘美な血など、しょせん絵空事だ」

「今はそうでも、これからきっと美味しくなるさ。僕たちに愛されたら、ハルの血だってきっと甘くなる」

「……おふたりに、愛される？」

「そうだよ。人間という生き物は、愛を知ることでより幸福になれるようだからね」

きょとんとするハルに、フェリクスが答えた。

「だから君が美味しくなれるように、僕たちが愛を教えてあげる。君は僕たちに抱かれて、これから愛を知るんだ」

抱かれるという言葉に、ますます困惑する。

兄弟が、ハルを抱くという。具体的になにをするのかというと想像がつかないけれど、それがどういう行為かはなんとなくわかっていた。昼間から街角に立つ肉惑的な女性たちの存在は知っていたし、彼女たちがなにを売っているのかについても同様だ。

しかしこの屋敷の中だけで何年も暮らしていたハルは、性に限らずすべてのことに疎かった。おそらく、男女の関係への欲求も薄い質《たち》だ。そもそも人と吸血鬼で種族からして違ううえに、ハルも彼らも男性同士だ。

ハルはためらいながら、フェリクスに言った。

「申し訳ありません、ぼくは女性ではないのです」

体形的には女性と変わらないくらいほっそりとして小柄でも、ハルは男だ。さすがに勘違いしているとは思えないが、一応フェリクスの認識を確かめる。

心配そうに様子を窺うハルに、フェリクスが声を上げて笑った。

「もちろん、見間違えたりしないよ！　君は男の子だ、どこからどう見てもね」

笑いすぎて目元に浮かんだ涙を指先で拭い、愉快そうに続ける。

「だけど、男だとか女だとか、そんなことは関係ないんだよ。美しいものがあればこの手で愛《め》でたくなる。そして君はとても愛らしい。それだけだ」

「そう、なのでしょうか……」

うなずきながらも、ハルの戸惑いは消えなかった。

彼らの望む行為はひどく不道徳で背徳的なことだと、ハルはそう信じて生きてきたからだ。愛らしいというフェリクスの世辞はさておき、美しいものを愛でたいという程度の気持ちで行っていいことだとは納得できない。

そんなハルを宥めるように、フェリクスが口を開いた。

「そんなに深く考えなくてもいいんだよ。人間はみんな、この行為が好きなんだ。それに、吸血鬼とのセックスは気持ちいいよ？　僕らが抱いてあげると、みんな夢中になって何度もねだってくる」

「なにが僕ら、だ。私を奔放なおまえと一緒にするな」

「おや、アル、もしかして自信がないのかな」

からかうようなフェリクスに、アルベルトが顔をしかめる。しかしくだらないとでも言いたげに、ため息をついて椅子に背を預けた。

フェリクスはくすりと笑い、ハルに向き直る。

「とにかく、君は僕たちを信じていればいい。芯からとろけるくらい、大事に大事に抱いてあげる。快楽を知り、愛を知れば、君の血だってきっと美味しくなるはずだから」

「……っ、はい」

ハルは耳まで熱くしてぎこちなくうなずいた。

ハルにはとても理解はできないけれど、兄弟がそう言うのならば、それがハルにとっての真実だ。兄弟が信じろというのならば、ハルは信じるしかない。兄弟の言葉は絶対だ。逆らうという選択肢はありえない。

抱いてあげると言われるのならば、それに従うしか道はなかった。


「脱ぎなさい、ハル」

フェリクスが優しい声で命じる。

碧く冷たい瞳に見下ろされ、ハルはたまらずこくりと唾をのんだ。

フェリクスの言うとおりにしようと思っているのに、絶えず歯が鳴り、指先までこわばってしまう。兄弟の望むようにしたい、――しなければならない。それなのに震える身体が言うことをきかなかった。

ハルは覚悟を決めて、向き合うフェリクスを見上げた。

「……あの、ひとつだけ、訊いてもいいでしょうか」

「どうぞ？」

「ぼくは、今日ここで……死ぬんでしょうか」

カチカチと歯を鳴らしながら、ハルはどうにか続ける。彼らに血を吸われて命を失うのだと覚悟を決めてはいるけれど、実際にどうなるのか前もって知っておきたかった。

「それとも、ぼくも、吸血鬼に……？」

「まさか。そんなことはしないよ」

そんなハルの恐れを取り除くように、フェリクスがゆっくりと告げた。

「僕たち純血種は、一度にほんのひと啜り、人間の血をわけてもらうだけでも充分なんだ。血を吸い尽くして殺してしまうなんて野蛮なこと、僕らは好まない」

「そうなのですね」

フェリクスの言葉に、ふっと、こわばっていた身体から力が抜ける。

どうなっても構わないと思っていたつもりだけれど、命を保証されたことは大きな慰めになった。それに、フェリクスは優しい。言動は穏やかで優雅だし、冷たいばかりだと思っていた瞳が今はハルへの興味に色づき、情らしいものを見せている。

ハルは決意して、ウエストコートの釦《ボタン》に手をかける。それからトラウザーズを吊《つる》すベルトと、シャツにも。タイはすでにフェリクスの手で外されていた。

下着まですべて取り去ると、心許なさと恥ずかしさとでたまらず前を隠した。雄々しく逞しいふたりに比べて、この身体はあまりに貧相だ。ハルは一糸まとわぬ姿のまま、その場にうつむいてしまった。

「隠さないで」

「……っ、はい」

フェリクスに命じられ、ハルは細い手をそろそろと後ろに回す。

白く華奢《きゃしゃ》な肌が、すべて兄弟の目に晒《さら》された。オイルランプと暖炉の火に照らされた身体は、つるりとして性的でないからこそ艶《なま》めかしい。息を殺して恥ずかしさに打ち震えるハルの頭から爪先までを、ふたりの視線が這《は》う。

ふぅん、とフェリクスが唇の端を上げた。

「いいね」

満足そうに言い、ハルの腹部を指先でツッとなぞる。

なんでもないはずの感触に、ハルの肩が小さく跳ねた。

「見てくれよアル、ほっそりした身体のバランスが素晴らしいとは思わない？　肌もきめが細かくて、指先によく吸いつくようだよ。清国か日本か、どこかの血が流れてるのかな。やはり、こちらの人間とは違うものだね。瑞々《みずみず》しくてしなやかな柳のようだ」

「おまえの異国趣味には呆《あき》れるな」

「こんな些細な楽しみでもなければ、退屈で死んでしまう」

肘掛けに凭《もた》れたまま告げるアルベルトに、フェリクスが肩をすくめた。

「それに、わかってる？　これはほとんど君のためなんだよ。偏食家の兄上のために最高の血を提供しようと、僕やナジがここまで尽力しているんだ」

「私がいつそんなことを頼んだ？」

「頼まれなくてもたったひとりの兄が十年以上も血を吸っていないとなれば、心配にもなるさ」

「いらぬ世話だ。私は正しく生きる人間の血しか吸わないと決めている。薄汚れた人間の血などを体内に入れては、身体の内から腐ってしまいそうだからな」

「なにをもって正しく生きた人間なんだか。そんな人間いやしないよ」

「そのとおりだ。だから私は人間の血を吸わない」

「哲学やロマンじゃお腹《なか》はふくれないだろうに」

フェリクスは呆れたように笑い、ふとハルに視線を戻す。

「――ベッドへ」

言葉少ない命令に従い、ハルは震える足で寝台に向かった。寝台に乗り上げると、続いてフェリクスが隣に腰を下ろす。沈む寝台に心臓が凍りつきそうだ。

「ハル、足を開いて。兄上にもよく見えるようにね」

「は、い……」

おずおずと広げた足の中心は、ハルの緊張を示すように芯のないままだ。

兄弟の視線を秘部にはっきりと感じる。ハルの身体は充分な食事を与えられてもなお貧相で、美しい兄弟に見られることは情けなかった。幼いころの栄養不足がたたってか、ハルの成長は遅く、ここ数年は少しも背が伸びていない。せめて灯りを落としてほしい。けれどそんなハルの意思など、兄弟には関係のないことだ。

フェリクスがハルの左膝から内股《うちもも》へと手を滑らせ、足のつけ根でぴたりと止める。

「こんなところに黒子《ほくろ》がある」

「え？」

「おあつらえ向きにふたつ。……ちょうど牙の間隔と同じくらいだ」

そんなところに黒子があるなんて、自分でも気づかなかった。

楽しげにふにふにとてのひらで皮膚を揉《も》まれ、ハルはぎゅっと目をつむった。それからやわらかなそこに、フェリクスが唇をよせる。

「楽しく生きようよ、アル。薄汚れた人間の血だって、なかなか味わい深いものだよ」

「……っつ」

そう言って、フェリクスはハルの足に牙を立てる。

思わず歯を食いしばるが、ほんの一瞬ちくりとするだけでやはり痛みは感じなかった。うっすらと目を開けて見下ろすと、にこりと笑うフェリクスと目が合った。

「痛くはないだろう？　唾液をたっぷり送り込んであげたからね。僕たちの唾液には、痛みを麻痺《まひ》させる効果があるんだ」

「あ、ありがとうございます」

「どういたしまして」

血を吸って礼を言われたことがおかしいのか、フェリクスがくすくすと笑う。

しかし次の瞬間、くらりと頭が重くなった。この感覚は知っている。五年前、フェリクスに初めて会った日に市場で襲われた目眩だ。ただ、くらくらと酔ったような感覚はよく似ているけれど、あのときのように意識を失うほどではない。

――それよりもおかしいのは下腹部だ。身体の奥にじわじわと熱が宿り、波のように大きくなる。

「…っ、ん……」

急に身悶《みもだ》えてシーツに倒れそうになるハルを、フェリクスがその腕で支えた。

繰り返す呼吸も熱くなる。自分の身体の変化に、ひどく動揺していた。ハルはフェリクスにしがみつき、申し訳ありませんとどうにか告げる。

「っ、なん、でしょう、急に、なんだか、……とても、熱くて」

「よく効いてるみたいだね」

「……え?」

「痛みを止める他にね、人間を気持ちよくさせる効果が、唾液にはあるんだ。あまり多く送り込みすぎると、相手を気絶させたり意識を不明瞭にさせてしまうから、使いすぎには注意だけれどね」

仰ぎ見るフェリクスの顔が近づき、気づくと唇を塞がれていた。

「んっ……！」

血の味が広がる。母親のキスさえ知らないハルにとって、正真正銘、初めての口づけだった。

ぐっと舌を差し入れられ、口の中に悪戯をされる。あたたかく濡れた粘膜で愛撫《あいぶ》されると、ハルの頭が恍惚《こうこつ》と痺《しび》れたようになっていった。

「ふ、う――」

ちゅくちゅくと鳴る水音に、身体がさらに熱くなる。

嵐のようなキスに翻弄されているうちに、ハルの理性が甘くとろけていった。ずくりと疼く下肢は痛いほどで、たまらず足の爪先でシーツを引っ掻《か》く。

キスの合間に、ハルは喘《あえ》ぎながら訴える。

「熱い、…熱い、です、か、身体が、んっ……！」

口づけというものは、こんなにも激しく身体を乱すものなのだろうか。それとも、フェリクスが送り込んだという唾液のせいなのか。

ハルにはなにもわからない。わかるのは、いつの間にか濡れた性器を張りつめさせ、痴態を晒しているということだ。けれど取り繕う余裕もなく、ハルはやり場のない欲望に震えることしかできなかった。

触ってほしい。早く、この疼きをなんとかしてほしい。

だけどどうやって？

強くなる身体の疼きにハルはついに涙をこぼす。フェリクスはぽろぽろと目元を濡らすハルの頬を撫でてアルベルトを呼んだ。小さなため息とともに、アルベルトが椅子から腰を上げる。みずから寝台に上がり、焦《じ》れったさに震え泣くハルの顎を強引に引いた。

「…ア、アルベルト、……さま」

ハルは熱い吐息とともにその名前を呼ぶ。

こちらを見下ろす碧い目が、鋭く眇《すが》められた。雄々しいその眼差しにずくりと下肢が反応する。顎をつかむ指の力がわずかに強くなった。

「っ」

「勘違いするな。おまえに触れるのは、ここまで手間をかけさせたナジの顔を立てるためだ。──フェリクス、おまえのためでもない」

「わかってるさ」

自分を跨《また》いでの会話も、今のハルにはどうでもいいことだ。早く。早くなんとかしてほしい。

身体のどこもかしこもが燃えるようで、おかしくなってしまいそうだ。

「う、は、やく、たすけ、…どうか……」

ハルの必死の懇願に、フェリクスが耳元で甘く囁《ささや》く。

「さあ、アルにも可愛がってもらおうね」

フェリクスがハルの両足を大きく開かせ、間にアルベルトが割り入ってきた。そこは透明の蜜をあふれさせ、すっかり濡れて震えている。間近に見つめられて恥ずかしくてたまらないのに、今はそれ以上に期待で胸がはずんだ。

手袋をはめたままの手で、アルベルトがそこに触れる。

革の硬い手触りに、ハルの背中がびくりと撓《しな》る。軽く擦り上げられる際、上の膨らみに縫い目の部分が引っかかり、敏感なそこがひくりと震えた。

「はっ、ん……！」

「いやらしい身体だ。フェリクスの唾液を送り込まれたとはいえ、触れられもせずにもうこんなに感じているとは」

「可愛いじゃないか。ますます気に入ったよ。いやらしい子は大好きだ」

フェリクスはくすりと笑い、艶っぽい声で続ける。

「ハル、もっと感じていいんだよ？　うんと乱れて見せてごらん」

言い終わるのと同時に、フェリクスはふたたびハルに口づけた。

キスをしながら胸の尖《とが》りを指先で弾かれ、頭の中が真っ白になる。ねっとりとした口づけを与えられながら、乳首も指先で捏《こ》ねられた。転がされるほどに硬く尖り、驚くほど敏感になっていく。

「ん、ふ、ぅ、…あっ、あふ」

乱れて見せてという言葉のとおり、フェリクスはハルを容赦なく追い上げていった。

くにくにと両方の乳首を弄《いじ》られながら、その舌で口腔《こうこう》を犯される。泡のような快感がどこからともなく生まれ、ハルの身体の中からもプツプツと弾けているようだった。

ハルを攻める手はそれだけではない。

アルベルトにも下肢を擦り上げられ、たまらず仰《の》け反った。

「ふっ、ん…ぅ！」

すっかり勃ち上がった性器を革の手触りで嬲《なぶ》られては、喘ぎをこらえる術《すべ》はない。

理性が溶けてしまいそうだった。細い幹を執拗に擦られ、滴る蜜が多くなる。とろとろとあふれて幹を伝い、アルベルトの手袋をも濡らしていく。

どうしよう、汚してしまった。だけど、こぼれつづける蜜を止めることなんてできない。口と胸と下肢と、いくつもを同時に愛撫され、激しすぎる快感にのみ込まれてしまいそうだ。

「あ…っ、だめ、も、だめです…、あぁっ」

「なにがだめだ。こうも濡らすほど悦んでおいて」

アルベルトに言われ、ハルの胸が羞恥でいっぱいになる。

恥ずかしい。だけど気持ちいい。やめないで。高められるままに、下肢にドロドロと疼く熱いなにかを思うさま吐きだしたい。

いくつもの相反する感情が浮かんでは消えていく。兄弟に翻弄され、ハルはもうなにも考えられなかった。迫り上がってくる快感に抗うことなんて不可能だ。

そんなハルの感情など見通しているように、アルベルトが告げる。

「嘘をつくな。私たちには、絶対にな」

「あぅっ」

さらに下肢への愛撫を激しくされ、ハルは必死に身を捩《よじ》って逃れようとするが、ふたりがかりで身体を押さえられては叶わなかった。いやいやと泣いてみせても、フェリクスの口づけであっさりと抗議の声を塞がれる。

逃げ場のない快楽に、ハルは陥落した。

熱に浮かされるように、気持ちいい、と漏らす。

「い、いい…、いいで、す、あっ、きもち、よくって」

「最初からそう言えばいい」

アルベルトがかすかに口元を上げて愛撫を続ける。

双果から先端に至るまで、上下に何度も揉み込むように動かされた。先端の特に敏感な場所を追い上げるように強く擦られては、もうこらえようがない。愛液の量が一気に増し、くちゅくちゅと淫らな水音が寝室中に響きわたる。

「あ、あぁっ、んっ、なに、キちゃ…っ」

取り繕う余裕などなく、ハルは感じるままに嬌声《きょうせい》を上げる。

途方もない快感が全身を駆け抜け、次の瞬間真っ白な浮遊感に襲われる。——限界に上りつめるのは一瞬のことで、気づいたらハルはみずからの欲望を吐きだしていた。

あまりの解放感に、兄弟の視線を恥じることすら忘れてしまう。

「あ、あ——……！」

掠れたような声を上げ、ハルはびくびくと全身をわななかせた。

達してもなお絶頂の余韻が強く、鈴口が浅ましくひくついている。全身が痺れたようになって、くったりとフェリクスの腕に凭れることしかできなかった。

目を閉じて荒い息を繰り返すハルの額に、フェリクスが軽くキスをする。

「とろけきった顔も魅力的だね。だけど、まだ足りないだろう？　もっと、もっと、気持ちよくさせてあげる」

「…あっ」

ひと息つくことも許されず、あっさりと身体の向きを変えられてしまった。寝台に這わされ、フェリクスの前に高く尻を上げさせられる。隠された窄《すぼ》まりを露《あら》わにされ、ハルの顔が羞恥に燃えた。

「い、いけません、そこは、そんな場所は……」

「嘘をつくなって、さっきアルに叱られたばかりだろ？」

「あ…、嘘なんかじゃ……」

「ここは早く触ってほしいって、ヒクヒクしてる」

ツン、と後孔の蕾を指先で突かれて背中が仰け反る。

「そ、んな――」

そんなわけがないと言いたいけれど、フェリクスの言葉が事実だと自分でもわかっていた。射精してもなお性器は張りつめたままだし、身体の奥の熱は冷めるどころか強まる一方だからだ。すこしも欲求が収まらない。

こんな状態になるのは初めてだった。きっと、フェリクスの唾液のせいだ。自分がこんなにも快感に弱いなんて、信じられない。

「慎ましくて愛らしい蕾だ。怪我《けが》をしないよう、じっくり拡《ひろ》げてあげないとね」

「ひゃ、ん……！」

フェリクスの長い指先が、ぬるりと体内に侵入してくる。

いつの間にか香油でもつけたのか、甘い薔薇の香りがふわりと鼻先を掠めた。未開の狭隘《きょうあい》を、濡れた指先が少しずつ拓《ひら》いていく。繊細な肉壁をちゅくちゅくと擦られれば、こらえようにも腰が揺れた。

「や、あ、っだめ！　本当に、いけません、……フェリクス様たちの、指、が、汚れてしまいます……！」

フェリクスもアルベルトも、ハルにとって誰よりも尊い存在だ。そんな場所を主人である彼らに触れさせてしまうなんて、恐ろしい罪と同じだった。

どうにかやめさせなければと足掻《あが》いていると、ぐっと、アルベルトに顎をつかまれる。そのまま首筋にかぷりと牙を立てられた。

「っ――」

突然のことに目を見ひらくが、次の瞬間、ずくりとこれまでにない激しい快楽の波が押しよせてきた。稲妻のような悦びが身体を貫き、なにを思う間もなくハルはふたたび絶頂に達してしまう。

「ひっ、や、あぁ、あ――……」

ビクビクと全身を震わせながら寝台に倒れ込むハルの首筋を、もう一度アルベルトが舐《な》め上げる。腰が震え、痛いほどの射精感がまたしても襲ってきた。

「あん、…あ、あぅ……っ、ど、して……?」

「それ以上抵抗するようなら、もっと唾液を送り込むぞ。いっそ、なにも考えられず抱かれるだけの人形にしてやろうか」

アルベルトが耳元で囁く。その言葉で、ハルは自分の身体にさらに吸血鬼の唾液を送られたのだと知った。フェリクスに唾液を送り込まれただけでもこんなに身体が熱いのに、その上アルベルトまで――？

これ以上はとてもたえられない。今だって灼熱《しゃくねつ》のような快感に身体がどうにかなりそうな

のだ。恐ろしさのあまり、ハルの目に涙が滲む。

震えるハルの背後で、フェリクスがアルベルトを窘《たしな》めるように言った。

「おい、アル、あまり無茶しないでくれよ。壊れたらどうするんだ」

「壊れたら捨てればいい」

「僕は気に入ってるって言っただろう？」

玩具《おもちゃ》の話でもするような兄弟のやりとりも、今のハルの耳には届かない。

三度《みたび》、すでに薄い水のような精液がハルの性器から放たれる。下半身がぐずぐずに疼いてひどく重い。とめどない射精感に、ハルはたまらずアルベルトに縋《すが》りついた。

「っ、ゆるし、…て、もっ、とまらな…っ」

「それなら逆らわず、大人しく感じていろ」

アルベルトの言葉に、ハルは弱々しく首を縦に振る。素直な態度に満足したのか、アルベルトはようやく上体を起こしてハルを解放した。

ハルはほっと息を吐くが、すでにこの身体の内に入り込んだ唾液はどうしようもない。悶えるハルの腰を、フェリクスが両手でつかんで高く上げさせた。

いつの間にか指は抜かれていた。代わりに、熱く濡れた切っ先を突きつけられて、ギクリとする。

「フェ、フェリクス、さま……？」

「大丈夫だよ、今、楽にしてあげる。……本当はもっと時間をかけてあげたかったんだけど、しかたない」

「私のせいだとでも言う気か？」

「仰せのとおりだよ、兄上」

皮肉に苦笑する雰囲気と同時に、後孔に引き裂かれるような激しい衝撃が走った。

「……ひっ、あ、あぁっ――……！」

未知の充溢《じゅういつ》感に激しく身悶えるが、痛みの中にはやはり喜悦が隠れている。ハルの身体はフェリクスの獰猛《どうもう》な杭《くい》をのみ込み、さらにきゅうきゅうと締めつけた。体内を雄の欲望で蹂《じゅう》躙《りん》される恐怖と快感は表裏一体だが、それでも自分はさっきからこれを待ち望んでいたのだと、理性ではなく本能で理解する。

「は、あ、…あぅ……」

そのままくずおれそうになる身体を、アルベルトに支えられる。

「アル…ベルトさ、ま……」

「誰が休んでいいと言った」

「……え？」

悦楽に打ち震えるハルの目の前には、トラウザーズの中を張りつめさせたアルベルトの逞しい身体があった。シーツに膝をついてこちらを見下ろすアルベルトの目の奥に、ハルは初めて獰猛な熱を見つける。

「舐めろ。できるな」

「……は、はい……」

命じられるまま、ハルはアルベルトのトラウザーズに手を伸ばす。喉を鳴らす自分に驚愕《きょうがく》した。すべてが初めてのことで混乱の中にいるはずなのに、むせ返るような男の匂いに、どうしてか胸が高鳴る。

この夜、ハルは抱かれて過ごす夜の長さを初めて知ったのだった。


初めて抱かれた日から半月ほどが過ぎても、兄弟がハルに飽きることはなかった。

やわらかな午後の光の差し込む書斎に、くちゅくちゅと淫猥《いんわい》な音が響く。

「う…、や、あっ、フェリクス様、も、もう……」

下腹部に触れる金の髪のくすぐったさに、ハルはたまらず背中を仰け反らせた。フェリクスはソファの隣に座ってハルの顔を楽しげに見下ろし、その指で下肢に悪戯を続ける。性器を激しく擦り上げられ、嬌声が漏れてしまった。

ハルに合いそうな本を選んであげると言われてフェリクスについてきたはずが、どうしてこんな状況になっているのだろう。

明るい光の下での淫らな行いに、ハルはいたたまれない気分になった。せめて寝室に行きたいと口にしているが、聞き入れてもらえる様子はない。昼間から乱れることが恥ずかしくて、はだけた衣服を掻き合わせようにも、やはりフェリクスが許さない。

「…っん、う」

「やっぱり可愛い黒子だ。この場所にあるっていうのが、またいいね」

ハルの太股にあるふたつの黒子に、フェリクスの指先が触れた。

フェリクスはよほどハルの黒子を気に入ったらしい。初めてハルを抱いたあの夜からずっと、吸血の際は決まってこの黒子に牙を立てていた。何度もそこから唾液を送り込まれたせいか、今ではこうして少し触れられただけで腰が揺れてしまう。

そんなハルたちの傍らで、アルベルトは椅子にかけて本を広げていた。なにを読んでいるのかなんて、気にする余裕はない。

今はフェリクスひとりが相手とはいえ、朝から何度も抱かれつづけて、もう満足に精も出ない状態だった。昨晩だって夜更けまでアルベルトとふたりがかりで啼《な》かされたのだ。さすがにもう限界だ。

毎晩のように抱かれ、――ときにはフェリクスひとりだけという夜もあるけれど、それでも元々体力の乏しいハルには負担が大きすぎる。それに引き替え、兄弟は事後であろうとけっして疲れを見せることはなかった。夜ごと抱き潰されてシーツに突っ伏すたび、ハルは吸血鬼の強靭《きょうじん》さを思い知る。

それでも、ハルは望まれればいつでも受け入れた。彼らに求められることが嬉しいからだ。それに兄弟の言うように、抱かれることで本当に血が甘くなるのなら、ハルだって積極的にそうしてほしかった。ふたりの話では、今もなおハルの血は不味いままだというのだ。

幸福になれば美味しくなれるはずなのに、なぜだろう。ハルはもう充分幸せだ。兄弟に構ってもらい、そのうえ贅沢な暮らしまで与えられて、これ以上なにを望めばいいのか自分でもわからない。

(このままじゃ、おふたりに見捨てられてしまう……)

そう思うと、どうしても不安に胸が軋《きし》む。

なにしろ、アルベルトもフェリクスも、行為の際に牙を立てて唾液を送り込むことはあっても、ほとんど血を吸ってくれていないのだ。とくにアルベルトは、屋敷で初めて対面したあの夜以来、一度も吸血してくれなかった。

「……っ」

ハルが懊悩《おうのう》と快楽に目をつむるのと同時に、ナジが現れた。

「フェリクス様、もう昼過ぎです。お遊びもほどほどになさってください」

朝から続いていることを知っているためか、呆れ顔でおっとりと告げる。

「まったくだ。いいかげんに離さないとお気に入りの玩具が干からびてしまうぞ」

思わぬアルベルトの助けに、ようやくフェリクスが悪戯をやめてくれた。数時間ぶりに解放され、ハルはくったりとソファに倒れ込む。ナジの手前、乱れた衣服だけでも整えなくてはと力を振り絞るが、腕ひとつ満足に動かせない。

フェリクスは絹のハンカチで手元を拭い、ハルの衣服を愉快そうに整えてくれた。

「そうは言っても、こう愛らしくてはなかなか手放せなくて。教育係をナジに任せて正解だったな。素直ないい子に育ってくれた」

「一筋縄ではいかない坊ちゃまがたに比べれば、元々素直な方でしたから」

「その坊ちゃまがたっていうのは、勘弁してくれないかな」

ナジは本来、兄弟の教育係なのだという。外見上の年齢からは想像もつかないが、幼かったふたりの教師でもあったそうだ。代々のバートリ家に仕えており、兄弟よりもずっと年長なのだという。

（いったい、いくつなんだろう）

年長というのがどれほどの年なのか、ハルには想像もつかない。

どうにかソファから身を起こしたハルに、ナジがにこりと微笑みかけた。

「紅茶を持たせましょうか。それとも、お疲れのようでしたら、チョコレートのほうがよろしいでしょうか。胃が落ち着くそうですよ」

「いえ、紅茶で……」

ナジは小さくうなずき、階下に繋がるベルを引く。

現在、この屋敷で暮らす住人は、ハル以外は誰も人間の食事を必要としていないはずだ。はっきり聞かされたわけではないけれど、兄弟が屋敷に戻ってからというもの、使用人の顔ぶれが一新していた。少なくとも、館の中で見かける使用人たちは兄弟の好みを熟知しているようだ。彼らの主人に対する忠誠的な態度を見ると、昨日今日の付き合いではないとうかがえた。

おそらく紅茶もチョコレートも、ハルのためだけに用意されているのだろう。

そう考えると、申し訳なさがさらに大きくなった。一日も早く美味しい血になって恩を返さなければと、ひどく気が急《せ》いてしまう。

憂鬱な気分を払いのけるように、ふわりと、紅茶の香りが部屋に漂ってきた。従僕が紅茶とビスケットを銀盆にのせて運んでくる。いつの間にか、ナジはいなくなっていた。

用事を終えて階下に戻る従僕の姿に、ハルは改めて違和感を覚えた。

(銀のお盆、平気なんだ)

日の光だけでなく、銀器に触れるのも平気らしい。現実の吸血鬼は、ハルの抱くおぼろげな吸血鬼像とはずいぶん違っている。兄弟が戻って半月が過ぎても戸惑うことは多く、むしろ普通の人間と暮らしているようにしか思えなかった。

夜ごと墓から蘇って人の生き血を啜り、仲間を増やす亡者たち。身体を霧と化し眷属《けんぞく》たちを手足のように操る——。そんな吸血鬼像は、怪奇小説の世界に過ぎなかったということだろう。

従僕の消えた後をぼんやり見つめるハルの口元に、スッときつね色のかたまりが近づいてきた。ビスケットだ。肘掛けに座ってビスケットを差しだすフェリクスに、ハッと我に返る。

「どうぞ」

少し迷って、ハルはそっとうつむいた。

「……行儀が悪いと、ナジさんに叱られてしまいます」

「それは怖いね」

そう言いながらもフェリクスはビスケットを引こうとしない。ハルは頬を赤くして口を開けた。控えめにくわえると、満足そうな笑顔が返ってきた。

さくりとかむと、舌の上にアーモンドの風味が広がる。甘い。そんなハルの様子を興味深そうに見つめるフェリクスの眼差しが恥ずかしくて、思いつくままに口を開いた。

「あの」

「ん?」

「こちらには、いつまで滞在されるのですか」

「いつまでって?」

フェリクスが小さく首をかしげる。

「これまでは、お国にいらしたんですよね? また、お戻りになるのかと」

「いや、国にはもう半世紀は戻ってないな。先月まではフィレンツェの屋敷で過ごしてたんだよ。トスカーナはどこも素晴らしいけれど、フィレンツェはとくに街並みが美しい。ごたついていた時期もあったけど、最近は落ち着いているしね」

「フィレンツェにも、お屋敷があるんですか」

「規模は色々だけど、他にもいくつかある。ドイツとスイスと、英国にもあとひとつ、ミドルセックスに」

「そんなに……？」

ハルの引き取られたこの屋敷だけでも大変な規模なのに、他にも多くを維持するなんて夢物語のようだ。

目を丸くするハルに、フェリクスが告げる。

「屋敷なんていくつあっても足りないんだ。僕たちは、吸血さえ怠らなければ外見上は年を取らないからね。一カ所にあまり長くはとどまれない」

たしかに、十年、二十年と一緒に過ごしている人が年を取らなければ、不審に思う人は多いだろう。兄弟や屋敷の吸血鬼たちは、数年おきに自分の持つ屋敷を転々と移り住んで正体を隠しているようだ。

しかしふと、吸血を怠らなければ、というフェリクスの言葉が気にかかった。それでは、人間の血を吸うことを厭《いと》うアルベルトは？

（フェリクス様たちとは違って、お年を取られているのかな）

ちらりとアルベルトに視線を向けると、睨むような視線が返ってきてギクリとした。ハルは慌てて顔を背ける。とても問いかけの許される雰囲気ではなかった。

「フェリクス」

アルベルトが、厭わしそうな声で告げる。

「あまりよけいな知恵を与えるな。それはただの餌だ」

「餌じゃない、ディナーだ」

「ディナーどころか、サパーにもなるまい」

肩をすくめて答えるフェリクスに、アルベルトは顔色ひとつ変えず立ち上がった。吐きすてるように言い、本を片手にそのまま書斎をあとにする。

――ただの餌。

――餌じゃない、ディナーだ。

兄弟の言葉が耳の奥に重く響く。命の恩人である彼らにどう思われようと、ハルに意見する権利などない。餌として必要とされるだけでも充分すぎるほどなのに、なぜこんなふうに胸がざわつくのだろう。落ち込む必要などない。そう知りながら、フェリクスとの気やすい会話のあとだからか、ほんの少し胸の辺りが切なく感じた。

この血を求めてくれる兄弟に、自分はこれ以上なにを望むというのだろう。

ハルはカップを手に取り、心にわだかまる気持ちを紅茶と一緒に流し込んだ。

3

冬が終わり、庭園の芝がゆっくりと鮮やかな青に染まっていく。

兄弟が来るまでは館から出ることを許されなかったハルだが、最近では庭園くらいならば自由な散策を許されるようになっていた。兄弟の——正しくはフェリクスのおかげだ。ハルだって退屈な毎日には飽き飽きしているはずだと、読書や庭の散策を許してくれたのだ。

そのフェリクスのひと言で、ハルの世界はぐんと広がることとなった。

館正面に広がる迷路の整形庭園、館の裏に位置する南側には半球ドーム状のガラスでできた温室もある。温室に続く道にはシャクナゲの揺れる美しい庭もあった。そんなひとつひとつに胸が躍る。ハルの知らない生命の営みが、館の外にはたくさんあると知った。

九時の朝食のあと、風に揺れる花やハーブの香りを求めて南側の庭を散策することが、最近の日課となっている。——アルベルトのこと、フェリクスのこと、それに一向に美味しくならないという自分の血のこと。ぼんやり考えごとをするのに最適なのだ。

冬から春へと季節が変わっても、兄弟とハルの状況はあいかわらずだった。

フェリクスのハルへの気に入りようは、ハル自身も驚くほどだ。むしろ、日を重ねるごとに激しくなっている気がする。一方で、アルベルトは出会ったときのまま、ハル自身にはほとんど興味がないようだ。

そしてハルも、与えられた役割を果たせない自分に情けなさを感じつづけていた。せっかく兄弟に必要とされているのに、なぜこの身体に流れる血は一向に美味しくならないのだろうか。

そっと肩を落とし、春風に誘われるようにして庭を歩く。

庭を囲む木立を抜け、目的もなく進んでいると、ふいに石造りの小さな建物が現れた。見るからに古びた壁面をツルバラの蔦《つた》が覆っている。無数の蔦に隠れて、円形のステンドグラスが見えた。

「……教会？」

吸血鬼の屋敷にある小さな教会。

さすがに奇妙に思うが、以前の所有者が建てていたものをそのままにしているのかもしれない。母屋となる館からだいぶ離れているためか、誰からも忘れ去られているような寂しげな風情だった。

引きよせられるように、ハルは教会の扉に手をかける。

錆《さ》びつきなどはいっさいなく、扉は音も立てずにあっさりと開いた。荒れていると想像していた建物内は塵《ちり》ひとつなく清潔だ。赤い絨毯《じゅうたん》はさすがに古さのせいか所々黒ずんでいるけれど、祭壇や身廊に差し込む光の粒がきらきらと眩《まぶ》しく美しかった。

屋敷に引き取られるまでは毎週教会に通っていた。今は吸血鬼である兄弟の庇護《ひご》下にあり、敬虔《けいけん》な信者とはとてもいえないけれど、教会の澄んだ空気には感じ入るものがある。ひと息吸うと、身体の中が清められる思いがした。赦《ゆる》し。あるいは救い。それらがたしかに存在するのではないかと、感じさせる空気がここにはある。

心を洗われるような思いで、ゆっくりと祭壇のほうへ歩いた。

しかし、右手側のベンチからヌッと頭が飛びだしてきて、ハルはその場で飛び上がりそうになった。

「っ！」

突然のことに驚き、ハルはその場で転倒してしまう。尻から転び、激しい衝撃にたまらず声をもらした。

「いっ、た……」

「大丈夫⁉」

短い赤毛の少年が、ひどく動転した様子でハルの顔を覗き込んできた。十四か五か、鼻の上にそばかすの浮いたあどけない印象の少年だ。ごわついた質素な服に丈夫そうな分厚い白エプロンを着けている。

人懐こそうな大きな目を見ひらいて、慌ててこちらに手を差し出してきた。

「ごめんな、まさか、ここに人が来るなんて思わなくって……って、誰？」

「えっと……、ハルといいます」

「……ハル？　ハルって、ここのお屋敷に住んでるハル様？」

ハルがうなずくと、少年の顔が真っ青になった。

「ああっ！　すいません、すいませんっ！　屋敷の坊ちゃんに、おれ、なんてことを！」

あまりの必死さに、ハルのほうが呆気《あっけ》にとられてしまう。

屋敷の雇い人だろうか。つい最近まで館の外への出入りを禁止されていたこともあり、ハルは上階で従事する使用人以外の顔をほとんど知らなかった。それに、屋敷に仕える使用人の数は多すぎる。

（この屋敷にいるってことは、彼も吸血鬼なんだよね）

なんとなく違和感を覚えて、ハルは少年を見返した。幼さの残る顔をくしゃくしゃにして謝る姿には、魔物らしさが微塵《みじん》もない。人間も吸血鬼もそれほど変わらないと、兄弟やナジを通してわかっていたつもりだが、それでもここまで人間らしいと呆気にとられてしまう。

（それに、吸血鬼が教会にいるなんて……）

どうしてもちぐはぐな印象が拭えなかった。内心で疑問に思うハルに、少年は半泣き状態でおずおずと口を開いた。

「お、おれ、……クビですか？」

「まさか」

「だけど、坊ちゃんを転ばしちまって」

ハルは慌ててかぶりを振る。

「これくらい平気。それに、誰にも言わないよ」

笑ってそう告げると、あからさまに安堵《あんど》した表情が返ってきた。差し出された手を取って、ハルはその場に立ち上がる。衣服についた汚れを軽く払っていると、少年が改まった様子で名乗ってきた。

「トーマスです。トーマス・オドネル。屋敷で雑用をやらせてもらってます」

「……ハルです、よろしく」

少しだけ迷ってハルから手を差し出すと、トーマスも嬉しそうに応じてくれた。その手があたたかいことに、なぜだかどきりとする。夜ごとハルを抱く冷たい体温を、無条件に思い出したせいかもしれない。

軽く握手を交わし、どちらともなく妙な照れ笑いが起こった。手を離してから、ハルは辺りを見渡して尋ねた。

「こんなところに教会なんてあったんだね。知らなかった」

「おれも偶然、仕事の合間に見つけたんです。しばらく使ってなかったみたいで荒れてたけど、少しずつ掃除して」

「ここをひとりで？　大変だったでしょう」

「そうでもなかったですよ」

どこか得意げにトーマスが言う。

「うちの親、かなり信心深い質で、おれも小さなころからしょっちゅう教会に通ってたんです。主日なんて日に二回も連れてかれてウンザリだったけど……。でも、ここの屋敷、朝どころか食事前のお祈りもなにもないから」

「……小さなころから、家族で教会に通ってたの？」

思わず訊き返すと、トーマスは自然な笑顔でうなずいた。

「ミサなんてめんどくさいって思ってたはずなのに、ないならないでそれも落ち着かないもんですね。神父様もいないのに、こうしてつい通っちゃうんです」

静かに驚くハルには気づかず、トーマスは喋りつづけている。

（もしかして、彼は吸血鬼じゃなくて、ぼくと同じ……？）

そうして話を聞くうちに、トーマスがやはり人間であることがわかった。握手を交わした手があたたかかったのもそのためだろう。屋敷に勤めてそう日が長くないようだ。兄弟が戻ってきたときの入れ替わりで新たに雇われたのかもしれない。

吸血鬼だけではなく人間の使用人もいるのかと、さすがに驚いた。けれど、屋敷の規模を考えたら当然かもしれない。建物も敷地も大きすぎて、兄弟が連れてきた使用人だけでは手が回らないのだろう。

（そっか、トーマスも人間なんだ）

そう思うと、無意識に全身の力が抜けた。平気なつもりでいたけれど、これまでは周りに吸血鬼しかいないと思い、知らずに気を張っていたのかもしれない。

なんでもない会話を交わしながら、トーマスがふと白い歯を見せて笑った。

「気さくな方なんですね、ハル様って」

「そうかな……」

気さくだなどと言われては気恥ずかしい。しかし、年齢が近いということもあってか、ハルはトーマスとの会話にたしかに楽しさを感じていた。

数年前のベスの解雇の件以来、ハルは兄弟が戻るまで必要以上に誰とも口を利かないようにしていた。今でも口にする内容に迷い、会話を重荷に感じることは多い。しかしトーマスに対しては、自然と言葉が出ていた。

使用人にあまり近づいてはいけない。もちろんわかっている。けれどここでハルが喋らなければ、トーマスは『屋敷の坊ちゃん』を転ばせた手前、気に病むかもしれない。

(今だけは、いいよね)

誰にともなく内心で呟くハルに、トーマスが「そうですよ」と笑いかけた。

「こんなお屋敷に住んでる坊ちゃまなのにちっとも偉そうじゃないし、おれなんかに構ってくださって。それに、ちょっとだけ――」

言いかけて口を閉ざすトーマスに、ハルは訊く。

「ちょっとだけ？」

「気を悪くしたらすいません。でもなんとなく、目元とか雰囲気が、うちの弟に似てるなって思って」

トーマスが照れたように笑った。

「ふたり兄弟なんです。五つ離れた弟で、ウィルっていうんですけどね。すごく可愛かったんですよ。小さいのに賢くて、ちょっと引っ込み思案だけど本当に素直で」

にこにこと話すトーマスの様子から、どれほど弟を大切に思っているのかが伝わってくる。

ハルには家族がいないけれど、トーマスのような兄がいたらどれほど楽しく心強いだろうかと、実際には自分の方が年上にもかかわらず想像した。

仲がいいんだねと、自然にハルの口元がほころぶ。

「トーマスの家は、この近くなの？」

「いや、家は……。家族は全員、去年の流行病にやられちまって」

そこまで言って、トーマスはくしゃくしゃと頭をかいた。はからずもトーマスが自分と同じ境遇にあることを知り、ハルは言葉を失う。

トーマスはすぐに笑顔をつくって、明るく続けた。

「すいません、暗くなっちゃいましたね。気にしないでください。あの病で家族を亡くしたのはおれだけじゃないし、それにおれはこうしてピンピンしてますから」

そう言って、トーマスがそろそろ仕事に戻ると腰を上げた。小走りに扉のほうに向かう背中に、ハルは思わず声をかけていた。

「あの」

トーマスがきょとんとした表情で振り返る。

「はい？」

「……ぼくもまた、ここに来ていいかな」

自分でもほとんど無意識に尋ねていた。こんなに自然に話をしたのはいつぶりだろう。記憶を辿《たど》るかぎり経験のないことだ。

兄弟に読書や散策を許されたことで、少し気持ちがゆるんでいるらしい。それに屋敷にいる人間は自分だけだと思っていたので、そうではないとわかってやっぱり嬉しかった。兄弟以外の誰かに近づいてはいけないとわかっているが、欲求に抗えない。

トーマスの明るい雰囲気には、こちらの緊張をほぐす人懐こさがあった。彼と向かい合っていると、これまで喉のあたりで詰まって言葉にできなかった想いが水のようにあふれてくる。純粋に楽しかった。もう少しだけ話せたらと、そう思ってしまう。

「もちろん！」

トーマスは満面の笑みで答え、すぐに我に返ったように首をかしげた。

「って、おれがいいって言うのもおかしいですよね」

「そんなことないよ」

そう答えるハルに、ふたりして笑ってしまう。

「楽しかったです！　また、お話ししてくださいね、ハル様」


それからはあっという間の一ヶ月だった。

トーマスに出会ってからというもの、ハルは彼に会いに毎朝教会に通いつづけている。トーマスには仕事があるため、なかなか時間が合わず会えない日のほうが多い。けれど運がよければ、小一時間ほど話すこともできた。

気負わず付き合えるトーマスは、ハルにできた初めての友人だ。そのことが嬉しくて、なんだかこそばゆかった。

トーマスと関わるのは、教会の中だけ。ハルはそう心に決めている。

万が一にも、彼との交流をナジたちに知られて、彼が解雇されてはいけないからだ。ハル自身、ナジの言いつけを破っているという後ろめたさがある。自分の立場を忘れて勝手をしすぎてはいけないという戒めでもあった。

南の庭を抜けて、ハルはいつものように教会に向かう。教会の扉を開き、一列目のベンチに座る人影にハルは表情をゆるめた。

（今日は教会に来られたんだ）

そう思って名前を呼ぼうとするが、ハルはハッとしてすぐに口を閉ざす。よく見ると、その髪色が赤毛ではなくブルネットだったからだ。きれいに撫でつけられた髪も雄々しく広い背中も、トーマスのものではない。アルベルトだ。なぜ、彼が教会にいるのだろうか。ハルはにわかに緊張するが、そっと近づいて声をかけた。

「アルベルト様」

窓から差し込むやわらかな光の中、アルベルトが振り返る。

いつもの冷淡な目をこちらに向けるが、すぐに前に向き直った。

「毎朝どこかに出ていることは知っていたが、まさかせっせと教会に通っていたとはな」

「それは……」

信仰心から通っていたわけではないが、この状況ではアルベルトには誤解されてもしかたがない。それに、トーマスとの親交は打ち明けづらく、ハルは口を噤《つぐ》んだ。

一緒にいては邪魔になるだろうかと、一瞬迷う。帰れと言われたら館に戻ることにしよう。そう考え、ハルはアルベルトのもとへと進んだ。アルベルトはいつものように膝に本を広げている。そこにいろとも帰れとも言われず、ハルはその場に立ちつくした。

そしてふと、――アルベルトの読んでいる本が聖書であることに気づく。

「……聖書ですか？」

問いかけるつもりなどなかったのに、つい口にしてしまった。

アルベルトは不要な会話を好まない。叱られるだろうかと固唾をのんでいると、意外にもアルベルトが顔を上げて答えてくれた。

「吸血鬼が教会で聖書、――平気なのかとでも言いたげだな」

まさに考えていたことを指摘され、心臓が跳ねる。

「十字架も賛美歌も人間の祈りも、私たちにはなんの威力ももたない。吸血鬼が聖なるものを恐れるなど、そんなものは人間が勝手に考えた創作だ。そもそも、神など存在しない。存在しないものを恐れる理由がどこにある？」

「それなら、どうして教会に」

「私が関心を持っているのは、神というものを信仰する人間の心理だ。いもしないものをさも存在するかのように信じ込み、依存し、最終的な判断と思考を委ねてしまう。その愚劣さに興味を引かれているだけだ」

あいかわらずアルベルトの言葉は冷たく尖っている。

人間すべてを見下すようなアルベルトの態度が胸に刺さるのと同時に、トーマスの笑顔が頭をよぎった。信心深い両親に育てられたという言葉を思い出す。

「……本当に、神様はいないんでしょうか」

「そうか、おまえもくだらぬ信仰者のひとりだったな」

アルベルトが低い声で言い放つ。毎朝教会に通っている意味を、やはりそう解釈されたようだ。人並みの信仰心はあるつもりだし、完全に誤解というわけでもないけれど。

ハルはたまらず目線を落とし、謝罪を口にした。

「すみません、ただ……」

「ただ、なんだ」

言い淀むハルに、アルベルトが続きを促す。

緊張しながらハルは答えた。

「少なくとも、信じている人には神様が存在するのではないかと……、そうであってほしいと、思ったんです」

トーマスや、流行病で亡くなってしまったという家族。信心深かったという彼らは、きっと彼らが信じる神の存在を肌で感じていたはずだ。ハルはそう思いたかった。目で見えなくても、耳で聞こえなくても、信じ、感じることで救われることは、きっとある。

それは、ハルが兄弟に出会い、救われたからこそ思うことだった。

「――信ぜよ、されば救われん、か」

アルベルトが嘲笑するように言う。

「では訊くが、本当に神がいるのならば、なぜ神は己の信奉者を助けない？　人間の命が私たち吸血鬼に奪われるのを看過する？　私たちは数え切れないほどの人間の血を吸った。彼らはそれぞれがそれぞれの神を信じていたが、誰ひとり、神に救われた者などいなかった」

「それは……」

「第一、人間の歴史の中で神の名の下に流れた血の量は、私たちの仲間が奪ったものなど比較にならないはずだ。本当に存在するのならば、なぜそれを許す？　預言者の口など借りず、自分の口で人間に救いを示せばいいものを、なぜそうしない？」

めずらしく饒舌《じょうぜつ》に語り、そこで区切る。

「いないからだ」

きっぱりと告げ、アルベルトは聖書に目線を戻した。もう用はないというような拒絶の空気に、ハルはきゅっと拳を握りしめる。これ以上話を続けることを、アルベルトは望んでいない。そうわかっているのに、教会をあとにすることができなかった。

ハルは長い睫《まつげ》を伏せて、アルベルトに呼びかける。

「ですが……」

アルベルトはもう顔も上げなかった。

「ぼくにはいます、……神様が」

「ほう」

「アルベルト様とフェリクス様は、ぼくを救ってくださいました。生きる意味をくださいました。ぼくの血は不味いままで、なんのお役にも立てていないけど、――いつか、この血で恩をお返しすることが、ぼくのただひとつの願いなんです」

顔を上げ、覚悟を決めて続ける。

「ぼくにとっての神様は、おふたりですから」

アルベルトにすれば、ハルの言葉はひどく見当違いのものかもしれない。しかし、神などいないとアルベルトに断言されると、胸が引き裂かれそうに痛んだ。

ロンドンでフェリクスに拾われて、初めて人間らしい暮らしを手に入れた。この血を吸いたいという理由でも、必要とされて嬉しかった。それは兄弟にもらった生きる理由で、ハル自身の望みでもある。その望みを、兄弟にだけは否定してほしくなかった。

「私が神だと？　不愉快な」

アルベルトは眉ひとつ動かさずそう告げる。

「……だが、盲目的な信仰を受けるというのは悪くない」

「アルベルト様？」

「人間の神とやらに、おまえの神が誰であるのかを、見せつけてやるのも楽しそうだ」

聖書を閉じ、アルベルトが感情のない薄い笑みを浮かべる。

「服をすべて脱いで私の上に跨がれ」

「ここで、ですか？」

アルベルトの命令にギクリと息をのむ。あまりに突然のことで、すぐにはアルベルトの命令を受け入れられなかった。めずらしい気まぐれだ。アルベルトがみずからハルに触れようとするなんて初めてのことだった。

すべてということは、この場所で裸になれということだろう。朝日の眩しい教会でなど、さすがに抵抗を感じる。それに、いつトーマスや他の使用人たちが顔を出すとも限らなかった。ふたりきりという状況も慣れず、妙に緊張してしまう。

ハルは顔を熱くして、アルベルトに懇願した。

「……どうか、お屋敷で」

「不満か？」

「い、いえ、そんな」

アルベルトがみずからの発言を覆すことはなかった。

ハルは羞恥と戸惑いに泣きそうになりながら、一枚ずつ衣服を脱いだ。何度抱かれても、身体を晒すことには慣れない。

言われるままにすべてを脱ぎ去り、ハルはアルベルトの目の前に立った。ベンチに乗り上げ、アルベルトの足を跨ぐように膝立ちする。不自然な体勢でふらつくが、アルベルトの肩に凭れることは憚《はばか》られた。

迷った末、ハルはおずおずとアルベルトの背後にある背凭れに手をかけた。

「あ、あの、これから、どうすれば……」

不安になって尋ねるハルの片方の腕を、アルベルトが手に取る。そしてヌッと、その口にハルの指先を含んだ。

「――アルベルト様！」

「黙っていろ」

咎《とが》めるように言われ、ハルは慌てて口を閉ざす。

口を閉ざしたハルに満足したのか、アルベルトが行為を再開した。ハルの指に舌を這わし、舐め上げていく。熱く濡れたその口で、一本ずつ丁寧に細い指を吸われた。ちゅくちゅくと口全体で揉み込むようにされると、たまらずハルの肩が震える。

「…っう」

今日のアルベルトはどこか様子がおかしい。ふたりきりでハルを抱こうとする行為自体もそうだが、なにより積極的にこちらの身体に触れてくるなんてめずらしかった。心なしか、その手や唇の動きも丁寧だ。ハルの様子を確かめて愛撫を施しているように感じる。

「あ……」

指と指の間を舌先で擦られ、てのひらの丘を軽く牙で引っ掻かれた。アルベルトの薄く整った唇が、自分の手に触れている。ひどくいやらしく目に映り、身体がじわじわと熱くなった。ただ手を舐められているだけなのに、どうして？

自分の身体の反応にも戸惑いながら、ハルはアルベルトの唇にすべてを委ねていた。すっかり舐めつくされた指を、後ろへと誘導される。

「その指でほぐしてみせろ」

「……はい」

アルベルトの命令はいつも端的だ。

彼の雄芯を受け入れる準備をしろということだろう。その意味に目元を赤く染めながらも、言葉のとおりに後孔に手を回した。ツッと、入口に濡れた指先を当てる。

まずは一本。アルベルトに舐め上げられた人差し指は、たやすく中に滑り込んだ。

「……ん、ぅ」

小さく息を吐き、身体を屈める。指を深く埋め込んでしまえば、どうしてもまっすぐに膝立ちしてはいられなかった。ふいに体勢を崩し、アルベルトのほうへと凭れるようになる。

「も、申し訳ありませ……」

「いい、続けろ」

アルベルトは気にした様子もなく行為を促す。

一本、二本と指を増やし、ハルはゆらゆらと上下させる。自分でもぎこちない抽挿だと感じるが、不思議と身体が火照るのは早かった。もっとも感じる一点を刺激しなくても、とろ火のような快感が身体の奥で確実に成長していく。

「――はっ、あ……っ」

一度火がつくと燃え上がるのはあっという間だった。

膝がガクガクと震え、その場にくずおれそうになる。アルベルトの肩に額を埋《うず》めて、たまらない焦れったさに涙を浮かべた。腰が揺れて、わずかに勃ち上がる性器がアルベルトの衣服に擦れた。皺ひとつない衣服を透明な蜜で濡らし、申し訳なさと羞恥に真っ赤になる。

それでも、行為をやめられなかった。身体にまで凭れてしまっては失礼だ。わかっているのに、自力で起き上がることもできない。

どうして、と考え、すぐに理解した。――アルベルトの唾液だ。ハルの指には、その唾液がたっぷりと塗られているのだ。

「どうした、続けられないのか」

「っん、…す、すぐ、に……」

ぬるま湯のような快楽に意識を霞ませながらも、ハルはどうにか指を動かしつづけた。しかし差し込んだままの指をわずかに引き抜くだけで、ビクリと全身が跳ねてしまう。

「やっ、ぅ!」

「しかたない」

アルベルトはそう言い、その逞しい腕をハルの身体に回した。後孔に挿入しているハルの指はそのままに、ぐっと、自身の指も押し入れてくる。

「…っひ、あ、あん…っ」

アルベルトは自分の手でハルの手を覆うようにして、一緒に抽挿を始めた。ごつごつとした男の指が、ハルのやわらかな内側を蹂躙する。ハルの指とはまた違う、予測のつかない動きに、疼きはますます大きくなった。

唾液でとろけた媚肉は、それでも足りずに淫らにひくつく。

「あっ、あぁ――…、んっ」

我がもの顔で強引に暴れる指を、ハルの媚肉がきゅうきゅうと締めつけた。挿し入れた指が収縮する後孔で締めつけられる。自分の貪欲さに涙が出そうだった。

淫らに感じれば感じるほど兄弟は褒めてくれるけれど、どうしたってそんな自分を受け入れることは難しかった。しかしハルがひとり強がったところで、結局はすぐに与えられる快楽に陥落してしまう。

歯を食いしばって快感に耐えるハルに、アルベルトが告げる。

「そろそろか」

「……え？　――あっ、ん！」

一気にすべての指を引き抜かれ、全身がビクビクと激しくわなないた。

たまらず後ろに倒れそうになるが、アルベルトが腰をつかんで支えてくれる。安堵するのも束の間、すぐさま身体の向きを変えられた。――膝裏に両手を差し込まれ、祭壇に向けて大きく足を開かされる。

ハルはたまらず顔を背けるが、羞恥を感じる余裕などすぐになくなった。身構える間もなく、熱い屹立《きつりつ》を身体の中に突き立てられたからだ。

「あぁっ――……あ、っ！」

抱かれ慣れた身体は、さほどの抵抗もなくアルベルトの雄をのみ込んだ。指とは違う、張りつめた欲望の熱さと充溢感に、ハルの背が大きく撓る。

「ひっ、ぃん」

繋がりが解けそうなほどに高く、アルベルトがハルの腰をもち上げた。

次の瞬間、グッと一気に下ろされる。アルベルトの杭で、奥まで蹂躙された。体勢のせいか、結合が深い。腹の奥までアルベルトに蹂躙されているようだった。媚肉との摩擦でアルベルトの性器もぐんと硬度を増し、圧迫感をさらに強めていく。

「あっ、あぁっ、あ――ふか、いっ」

ずっずっと肉の擦れあう快感に、たまらず嬌声を上げた。

首筋を咬まれ、どくりと胸の鼓動が強く脈打つ。視界が一瞬くらりとした。唾液の催淫効果に、ハルの細い身体はますます敏感になる。

それでもやはり、血を吸われることはない。

「私だけで達しろ」

「ひゃ、あっ、ん…！」

腹につくほど反り返って濡れるハルの性器には手を伸ばさず、アルベルトは自身の雄芯で後孔ばかりを何度も攻める。限界まで張りつめたハルの性器は、愛撫を待って透明の涙を流しつづけていた。とめどなくあふれる蜜は幹に留まらず茂みや双果までぐしょぐしょにし、密着するアルベルトの下肢まで濡らす。

焦れったさなど通りこして、気がおかしくなってしまいそうだ。

「さわっ…て、おねが、……さわって、くださ……！」

「だめだ」

泣きじゃくって懇願しても、アルベルトの温情は与えられない。たまらず手を伸ばしそうになるが、アルベルトの命令を思いだしてどうにかこらえた。

ふいに内側のふくらみを抉《えぐ》るようにされ、ハルの両足がビクビクと震えた。強すぎる悦楽に全身が総毛立つ。

「ひっ、――ん！」

蠢《うごめ》くように後孔が収縮し、咥《くわ》え込んだアルベルトの雄を締めつける。ふくらみを刺激されるほどにひくつきは激しくなった。アルベルトの雄から滲みでる粘液に、突き上げられる度にじゅぷじゅぷと濡れた音が走る。抽挿のたびに結合部が泡立っていく。

快楽に溶けた身体を内側からかき回され、腹の中が燃えるように熱かった。蠢く欲望に溶けてしまいそうだ。

「っ、あっ……！」

「おまえが信仰しているものは、おまえの仲間たちが悪魔と呼ぶものだ。――それでもおまえは、私たちを神だというのか」

ふいにそう訊かれ、ハルは快感に霞む頭で必死に考える。

悪魔。吸血鬼。アルベルトもフェリクスも、自分と同じ人間ではない。だけどそんなことは、ハルには関係のないことだ。なぜそんなことを訊かれるのかさえ疑問だった。

激しく腰を揺さぶられながら、ハルはどうにか首肯する。

「アルベル…、さま、フェリクス、さ、ま……、おふたり、だけ…っ」

ほう、と背後でアルベルトが笑う気配がした。

「それなら、私たちを裏切らないと誓いを立てろ」

「誓、い……？」

「そうだ。おまえが淫欲に堕ちるさまを、人間の神に見せてやれ」

「……いっ、あっ、あぁっあ――――っ」

ひときわ強く速く打ちつけられ、重い衝撃がハルを襲う。これ以上ないほど奥深くを突き上げられた瞬間、アルベルトの欲望がハルの中にぶちまけられた。その熱さと抗いようのない快楽に、ハルの意識が遠くなる。

ステンドグラスから差し込む光の中、ハルは祭壇の前で逐情した。

いつもよりも深い酩酊《めいてい》感に、身体が痺れたようになる。アルベルトを、フェリクスを、ハルが裏切ることなどけっしてない。信じてもらえないことに胸が張り裂けそうだった。いつかわかってもらえるときが訪れるのだろうか。

アルベルトが抱いてくれた。——だけど今日も血を吸ってもらえなかった。

そのことがひどく哀しかった。

夢うつつに、誰かの声が聞こえる。

優しい温もりが、とろんとした眠りに沈むハルの身体を包んでいた。疲労感に全身が重い。瞼を開くのも億劫《おっくう》だ。

「——……」

誰だろう。なにを言っているのかわからない。低く、やわらかい声だった。それになにかがパチパチと爆《は》ぜるような小さな音がする。——お母さん？　違う。だって、お母さんの声なんて知らない。ハルは微睡みながらそう思った。これまで出会った人たちの顔が頭に浮かび、あっという間に消えていく。

そうか。自分は夢の中にいるんだ。

ひもじくて夜も眠れなかった救貧院での暮らしも、何不自由ない屋敷での贅沢な暮らしも、ぜんぶ夢だったんだ。では、アルベルトとフェリクス、あのふたりの兄弟に出会い、救われたことも夢だったのだろうか？

パチンと暖炉のコークスが爆ぜ、ハルはハッと目を開いた。

慣れたシーツの感触に、自分がいつもの寝室に寝かされているのだと気づく。厚いカーテンはしっかりと閉ざされている。もう夜なのだろう。

（そうだ、ぼくは、教会でアルベルト様と……）

教会での情交を思いだし、ハルの頬が熱くなった。あれからハルは気を失ってしまったらしい。寝室に寝かされているということは、あのアルベルトが、わざわざ屋敷まで運んでくれたのだろうか。

しかしすぐに、そんなわけはないと思い直した。屋敷に戻すようにと、使用人に言づけでもしたのだろう。身体がさっぱりしているので、眠っているうちに洗い清めてもらったようだ。

ふと、ハルの視界に暖炉を囲む三人の人影が映った。

アルベルトとフェリクス、そしてナジだ。アルベルトは椅子に腰を下ろし、フェリクスは向かいのソファの肘掛けに体重を預けて長い足を組んでいた。ふたりともすっかりくつろいだ雰囲気だが、間に立つナジだけはどこか張りつめた様子だ。

先ほど聞こえた声はナジだったのか。

ナジの横顔はいつもと変わらず微笑んでいるが、続く言葉は厳しかった。

「これ以上、あの人間に深入りすることはおやめください」

――あの人間、という響きに、ハルは気づかれないよう息をのんだ。間違いなくハルのことだろう。どくどくと、一気に胸の鼓動が速くなる。

「今日という今日は、はっきり申し上げます。おふたりのあの人間への入れ込みようは、少々目に余るものがございます。……フェリクス様だけでなく、まさかアルベルト様まで昼間から手出しをされるようになるなんて」

「気が向いただけだ。意味などない」

「どうでしょうか」

素っ気なく答えるアルベルトに、ナジが言う。元はふたりの教育係だったというだけあり、冷たいアルベルトの態度にもナジが動じることはなかった。

そんなふたりの会話に、フェリクスが割って入る。

「どうしたんだい、ナジ？　あの子を育てることには、君も賛成してたじゃないか」

「おふたりの偏食が少しでも改善されればと協力したまでです。ですが、それは間違いだったようですね。浅慮でした」

「偏食とはひどいな。アルは置いといて、僕は昔からそれなりに食事してるのに」

「それでも、フェリクス様ももう少しお摂りいただきませんと」

ナジの小言に、フェリクスがまいったというふうに苦笑を浮かべた。

「そうは言われても、僕は自分が満足できるものしか食べたくないんだ。人生のうちで食事できる回数は限られているんだよ？　その貴重な一回を無駄にするなんて、大損失だ」

「その食事自体を省いてしまっては、損失もなにもありません」

「……だってさ、兄上」

非難の矛先を変えようとしてか、フェリクスがアルベルトに言う。我存ぜぬという顔のアルベルトに、フェリクスは小さく肩をすくめた。

「ディナーをお望みでしたら、テーブルに並ぶまでお待ちください。主人みずから包丁を握るものではありません。ましてや、餌をやるなんて。人間というものは言葉が通じるぶん、家畜よりもずっと扱いが厄介なのですよ」

「わかってないな、ナジ」

フェリクスが大げさに目を見ひらいた。

「自分の手で大事に育てるから、より美味しく感じるんじゃないか」

「――フェリクス様」

窘めるようにに言うナジに、フェリクスもひるまない。

ナジはそっとため息をつき、兄弟を交互に見つめた。

「おふたりは、ご自身が純血種だという自覚はございますか？　わたくしたちのような正統な血を持つ吸血鬼は、昨今どんどん減っているんですよ？　それなのに、ご結婚もなさらずお好きな土地を転々となさって、挙げ句の果てには人間の子供に現《うつつ》を抜かすだなんて、……こんなことでは、わたくしは先代に合わせる顔がございません」

口調を強くするナジに、ふとアルベルトが顔を向ける。

目が合いそうになり、ハルは慌てて目をつむった。気づかれただろうかと息をころすが、どうやら大丈夫だったようだ。ほっと身体の緊張をときながら、淡々としたアルベルトの声に耳を澄ませる。

「くだらぬ杞憂《きゆう》だ」

アルベルトはぴしゃりと言い、その双眸《そうぼう》を細めた。

「なぜ、人間などに私たちの心が動かされる？　ありえないことだ。ナジ、おまえが今自分で言ったではないか、――あれは家畜だとな」

迷いのない強い声が、ハルの胸を深く突き刺す。家畜と言われることに傷つく自分に、ハルはよけいに落ち込みそうになった。家畜だって、いつか成長すればふたりの役に立てる。それなのに、なにを哀しく思う必要があるのだろう。

シーツの中で息をころすハルの耳に、どこか挑戦的なフェリクスの声が響いた。

「それはどうだろうね」

「……何？」

「僕は案外、アルのほうこそあの子にハマってるんじゃないかと思ってるけど？」

「減らず口も大概にしておけ」

「いやだね」

フェリクスは言い、引き下がろうとしない。

(気のせいだろうか、フェリクス様の声、なんだか……)

いつもと変わらず明るい声音だが、わずかに尖って聞こえる。

「それからふたりとも、あの子を家畜だなんて、品のない言い方をしないでくれないか。ハルは可愛いよ。それにとても健気でいい子だ。それこそ、そこらの正統な吸血鬼なんかよりも、ずっと――」

フェリクスの言葉を遮るように、突然弾けたような笑い声が寝室に響いた。

ナジだ。ナジが愉快そうに口元を押さえ、笑っているのだ。ナジは目尻に浮かぶ涙を指先で拭い、にっこりと微笑んだ。

「フェリクス様のご冗談は、いつもおもしろい」

「ナジ……」

「ですが今は、真面目な話をしているのです」

眉間に皺をよせるフェリクスに、ナジの顔からスッと笑みが消える。

「そう、冗談などではございません。――ほんの小さな綻びが破滅に繋がると、おふたりはよくご存じのはずです」

聞いたことのない底冷えのするような声だった。忌々しいものを吐きすてるような口調は、いつもの穏やかなナジからは想像もつかない。

フェリクスはくしゃりと前髪をかき上げ、顔をしかめた。

「……もちろんだ。母様の最期は、ひとときだって忘れたことはない」

「美しくて、自由で、とても情の深いお優しい方でした。そのお優しさのために、あんなことに……。フェリクス様はとくに、イザベラ様に似ておいでだから心配なのです」

「大丈夫だナジ、わかってるよ」

三人の会話に、胸が騒いで落ち着かなくなる。

暖炉の火で空気が籠もって、重苦しく感じるだけだろうか。——ほんの小さな綻びが破滅に繋がる。どういう意味だろう。わからないけれど、ナジの声と兄弟の暗く硬い表情が、心に鋭くひっかき傷を残した。

同時に、自分は兄弟のことをなにも知らないのだと、初めてそんなことを思った。

4

「ねえ、ハル様。うねうね光る夜空って、見たことあります？」

「ううん、見たことない」

教会のベンチに座るトーマスに、ハルは小さくかぶりを振った。

そろそろ夏の風を感じるころだが、あいにくの曇り空で教会の中はひやりとして薄暗い。トーマスの晴々とした爽やかな笑顔だけがこの季節によく似合っていた。

こうして会話するようになってまだ二ヶ月と経っていないのに、ふたりは友人としてすっかり打ち解けていた。アルベルトがこの教会に姿を見せたのはあの一度きりだ。あのときは偶然、足が向いただけだったのだろう。

トーマスは、初めは屋敷の主人であるハルに――本当のことは説明しづらく、今もそういうことにしている――遠慮があったようだが、今ではすっかり壁がなくなっていた。ふたりともロンドンの下町で育ったため、気質が合うのかもしれない。

「子供のときに、死んだ祖父ちゃんから聞いたんですよ。なんでも、そんな夜空を見たことがあるって」

「うねうね光る夜空を？」

「子供のときに住んでたアイルランドの畑で見たって。緑とか赤とかの光が、縦になったりまるくなったりしながら、夜の空を覆いつくしてたんだそうですよ。光がこう、空中にうねうねするらしくって」

「ちょっと怖いね」

いえいえ、とトーマスがかぶりを振る。

「怖いどころか、空が燃えてるみたいにきれいだって言うんです。ハル様なら、貴族だし見たことあるかなと思ったけど、やっぱ関係ないのかな」

「ごめん」

あまりにがっかりと肩を落とすものだから、ハルはつい謝ってしまった。

トーマスは頭の後ろで手を組んで笑う。それからステンドグラスを見上げ、幻を夢見るようにため息をついた。

「いいなぁ、夜空のうねうね、おれも見たいなぁ」

「……ぼくはやっぱり、ちょっと怖いかも」

「大丈夫ですよ、空が落ちてくるわけじゃあるまいし」

「そんなのわからないよ？」

無邪気に白い歯を見せるトーマスに、ハルの気持ちも明るくなる。

以前、寝室で兄弟とナジとのやりとりを聞いてから、ハルはずっと落ち込んでいた。もちろん兄弟の前で顔に出すことはしないけれど、塞ぎ込む心はどうしようもない。

——自分は兄弟のことをなにも知らない。

彼らの言う小さな綻びと破滅とはなんなのか、そして自分がその綻びだと言いたげなナジの態度……。考えれば考えるほどハルの胸は重くなっていった。しかしトーマスと何気ない話をしている間だけは、ほんの少し悩みが晴れる。

そんなハルの隣で、トーマスがグッと大きく伸びをした。大口を開けて欠伸《あくび》をするトーマスに、ハルは目を細める。

「疲れてるの？」

「いやー、疲れてるっちゃそうなんですけど、みんなが仕事に慣れてないもんだから、そのせいでちょっとした仕事にも手間取っちゃって。それがきついっていうか」

「難しい仕事が多いんだね」

「いやいや、おれのは量が多いだけで、ただの雑用ですよ。ひたすらブーツ磨いたり、コークス運んだり」

必死にブーツを磨く素振りをみせるトーマスに、ハルは小さく噴き出した。

「新人ばっかなんです。駆け落ちだのなんだのって、屋敷を逃げてく使用人が多くって。上の人たちはみんなお勤めが長いみたいだけど、おれらみたいな下っ端は、あんまり居ついてないですね」

「そんなに辞める人が多いんだ……」

「なんででしょうね？　待遇だって悪くないのに。おれなんか、寝床と飯があるだけで満足ですけど」

トーマスはそう言っていたずらっぽく笑う。

彼はランベスの工場に勤めていた親を亡くし、路上で寝起きをしているところを屋敷の使用人として拾われたそうだ。この屋敷に来るまでは市場や公園などの路上で物売りをしていたとも聞いている。

トーマスはハルにいろいろなことを話してくれた。

路上での一番の売れ筋はボロ傘だったことや、夜に外で眠ると警官に追い払われるから昼に寝ていたこと、――救貧院に入るのがいやで路上生活を選んだことなど。昔、自分がそこにいたこともありわずかな惨めさを感じたが、驚きや悲しみはなかった。救貧院だけはごめんだと、国中の人が同じことを言うからだ。

仲間たちの顔ぶれを思い浮かべているのか、ふと、トーマスが宙を見上げた。

「最近入ったヤツら、出身がけっこうバラバラなんですよ。田舎から連れてきてもらったのと、おれみたいにロンドンの路上にいて拾ってもらえたのと、半々ってとこかな。だいたい、年も同じくらいで」

「若い子が多いんだね」

「たしかに、孤児は多いですね。みんな、親も仕事もなくして死にそうになってたとこを拾っていただいたんです。旦那様たちはずいぶんな慈善家だって、みんなで言ってますよ」

ただなぁ、と、トーマスがぽつりと呟く。

「……正直、飯が不味いんだよなぁ」

「え？」

しみじみと漏れでたぼやきに、ハルはきょとんとしてしまう。トーマスはハッとして、慌てた様子でかぶりを振った。

「あっ、すいません！　味はアレだけど、でも、量はすごいんで！　満足してます！」

必死に取り繕うトーマスに、思わずハルは笑ってしまう。

「いや、……うん、ぼくもちょっと、わかるかも」

最近の屋敷の料理は、異様に辛かったり、反対にまったく味がしなかったりと、首をかしげることが多かった。もしかしたら、兄弟が屋敷に戻ったことでコックまで吸血鬼になってしまったのかもしれない。人間と味覚が異なる――そもそも味見すらできないと仮定すれば、納得できた。

ただ、ハルもトーマスと同様で、食卓に並ぶ料理に文句を言える立場にはない。量があれば満足だという言葉にも賛成だ。

「本当にありがたいですよ。おれらみたいな紹介状も経歴もない孤児を雇ってくれるお屋敷なんて、国中探してもここくらいなもんですから」

ハルの肯定に安心したのか、トーマスが頬をゆるめてそう言った。


満月の輝く夏の夜。ロンドンの劇場。王室の紋章が入ったボックス席に、ソプラノのアリアが優雅に響く。同じ席の中でオペラを観劇するフェリクスの横顔を、ハルは気づかれないようにそっと盗み見た。

金と深紅の劇場にもよく馴染《なじ》むその横顔に、なぜかハルの頬が熱くなる。

（オペラなんて、突然どうして？）

――始まりは、ハルが午後のティータイムを終えて、庭から館に戻ったときのことだった。

最近では本も自由に読めるため、読みかけの三巻本の続きを取りに書斎を目指していた。庭に面した大窓から直接書斎に入っていくと、見るからに上機嫌なフェリクスと鉢合わせしたのだ。その後ろには、色や大きさの様々な箱を持った見慣れない男たちがぞろぞろと侍《はべ》っていた。

数日前に採寸した、ハルのイブニングコートができたらしい。

命じられるまま着替えをすませると馬車に押し込まれ、気づけばこの状況だ。

なにも聞かされないまま連れだされ、こうして今、劇場にいる。あまりのことに、自分の身に起きたこととは現実味をもてずにいた。

劇自体は外国の言葉のせいでよく意味はわからないけれど、音楽と歌の美しさには圧倒される。今だって不慣れな場所に緊張は取れないが、それでも夢の中にいるようだ。

ただ、兄弟の屋敷で暮らすようになってから、外を歩くといってもせいぜい庭園などの敷地内だけだ。外界と切り離された生活に、どうやら慣れすぎてしまったらしい。着飾った多くの人とは、すれ違うだけでも心臓が凍りつきそうだった。

それに劇場なんてハルには縁のない場所だ。場慣れしていないせいで周りから浮き、へんに目立っているようだった。劇場に着いて馬車を降り、このボックス席に向かう短い間にも、やけに振り返って見られてばかりいる。

ハルはボックス席の奥の方へと身体を引いて、小さく息を吐いた。

（だけど、ロンドンなんて本当に久しぶり……）

今、自分が座っているこの場所もロンドンなのだ。

そう思うと、やはり落ち着かない気分になった。ハルの暮らしていた地域は、同じロンドンとはいえこの劇場のあるウエストエンドとは異なる区画にある。階級も暮らしも言葉遣いも、すべてが違った。それでも、不思議と懐かしく思う。

いい思い出なんてひとつもない惨めな過去のつまった街なのに、どうしてだろう。

「オペラは退屈？」

ふいにフェリクスに尋ねられ、ハルは慌てて否定する。

「いえ、そんな」

「それにしては上の空だね」

どこかからかうような微笑みを向けられ、ハルは気恥ずかしさに目を伏せた。

「……あの、フェリクス様」

「なんだい」

「アルベルト様たちになにも言わずに出てきて、よかったんでしょうか？」

「ああ、そのことか」

屋敷を出ることを、アルベルトにもナジにも告げていない。使用人たちは知っているので今ごろはふたりの外出が耳に届いているだろうが、よかったのだろうか。ハルはここに来て心配になっていた。

きっとナジは、ハルとフェリクスがふたりで出かけることを喜ばない。

自分がナジに疎まれることは、もうしかたのないことだと受け止めているが、フェリクスがあとで責められたらと考えると気が重かった。

「いいんだよ。デートなんだから、内緒で出かけないと楽しくないだろ？」

「デート？」

「そう、君と一緒に出かけたかった」

きょとんとしてそう繰り返すハルの頬を、フェリクスが優しく撫でる。

「新しいコートもよく似合っているね」

「ありがとうございます」

慣れない劇場にあたふたとしてみっともないだろうに、褒めてもらうことが申し訳なかった。たまらず顔を真っ赤にしてうつむくと、フェリクスがくすりと笑った。

「だめだよ、ハル。ちゃんと背筋を伸ばして、前を向いてくれないと。君の美しさをみんなに見せつけられない」

「……見ている人がいるとしたら、それは、ぼくが場慣れしてなくてみっともないからです」

「まさか」

フェリクスが大げさなほどに肩をすくめる。

「幕が下りたら、すぐに鏡を見に行く必要がありそうだ。今の君は、この劇場の中でもっとも魅力的だよ。客席だけじゃない、あの舞台に立つ誰よりもね」

「フェリクス様、どうか、あの、もう……」

過ぎた讃辞に、ますます頬が熱くなった。上目遣いで見上げると、フェリクスのとろけるような微笑みが返ってくる。

とにかく話題を変えたくて、ハルはフェリクスに尋ねた。

「……ひとつ、訊いてもいいでしょうか?」

「もちろん」

「フェリクス様は、うねうねする夜空を見たことがありますか？」

ハルの問いに、フェリクスがはたとその目を丸くする。

「それはまた、おかしなことを言うね」

訝《いぶか》しげなフェリクスに、ハルは慌てて言い足した。

「あの、ぼくも見たことはないんです。でも、夜の空が緑や赤や、いろんな色に光ることがあると……。実際に昔、そういう空を見た人がいるのだそうです。フェリクス様なら、もしかしたらご覧になったことがあるかと」

「ああ、なるほど。本にでも出てきたの？」

曖昧に首をかしげるハルに、フェリクスが笑いかける。

「それなら、きっとオーロラのことだよ」

「オーロラ？」

「ああ。この国ではあまり見られないけど、北のほうの国では天候さえよければよく目にできるんだ。僕も、数えるほどだけれど目にしたことがある。鮮やかな光のカーテンが夜空いっぱいにゆらめいてとても幻想的なんだ。……まあ、うねうね光るというよりも、ゆらゆらというのが僕の印象だね」

「怖くはありませんか？」

「怖いどころか、とても美しいものだよ」

フェリクスの言葉に、ハルも光りうねる夜の空を想像した。

目をつむって考えてみるが、ハルの小さな頭ではとても描ききれなかった。トーマスの祖父が、そしてフェリクスが見たというオーロラとは、いったいどういうものなんだろう。

今度トーマスに教会で会ったら、その名前を教えてあげよう。そう静かに興奮するハルに、フェリクスが告げた。

「興味があるのなら、一緒に見にいこうか」

「一緒にって、……オーロラをですか？」

「そうだよ。船と汽車を乗り継いで北のほうへ。オーロラを見に旅行するんだ」

旅行、それも海を渡って国外に出るなんて、ハルには夢のような話だ。あまりの現実感のなさに肯定も否定もできない。

ぼんやりとその顔を見返すハルに、フェリクスが満足そうに微笑んだ。

「うん、とてもいいアイディアだ。冬のほうが見やすいから、うんと暖かいコートを用意しないといけないね。それにブーツも手袋も。ハルといると、楽しいことがたくさん増えるな」

にこやかに告げるフェリクスに、ハルの胸が小さくはずむ。

フェリクスはいつだって優しい。

常にハルのことを気にかけて、大事に手を尽くしてくれる。出会ったばかりのころに感じた冷たい目を向けられることも、最近ではなくなっていた。今夜はハルのためにと新しいイブニングコートを仕立て、屋敷からロンドンまで連れだしてくれた。オペラも観せてくれた。いつかはオーロラだって見せてくれるという。

その優しさの理由は単純で、フェリクスがハルに最高の血を求めているからだ。美食家な彼らは幸福に生きる人間の血を得るため、ハルを幸福にしようと優しくしてくれるのだ。

わかっているけれど、それでも不思議だった。どう言い繕ったところで、彼らにすればハルはけっきょく餌でしかないはずなのに。

（それにあのときも、ふたりの言葉から庇《かば》ってくれた）

寝室で、アルベルトとナジを相手にハルを擁護してくれたフェリクスの言葉を思い出す。

あのときのフェリクスは、ハルがふたりに貶《おとし》められたと感じて怒っているようだった。実の兄であるアルベルトよりもハルの肩をもつなんて、フェリクスはなにを思ってそうしたのだろう。訊きたいけれど、あの会話をハルが聞いていたことをフェリクスは知らない。

とくりと、胸があたたかくなった。

（なんだろう、フェリクス様の隣にいると、そわそわしてしまう）

妙に照れくさくて落ち着かないのに、すこしもいやじゃない。

ハルは慎重に言葉を選び、フェリクスに尋ねた。

「……フェリクス様は、どうして、ぼくに優しくしてくださるのですか？」

「僕は自分のしたいことをしているだけだよ」

なんでもないことのように言い、フェリクスが笑った。

「この国で君と過ごすようになってから、毎日がとても楽しいんだ。これまで僕の胸を塞いでいた退屈が、どこかに吹き飛んでしまった。……どうしてだろうね。ハルのそのまっすぐな目で見上げられると、それだけで心が躍る」

ふっと、フェリクスは舞台を見下ろす。

いつの間にかソプラノのアリアは終わり、敵国の支配者である男ふたりと、彼らの愛に揺れ動く少女の三重唱が始まっていた。愛という未知の扉を開くことへの恐れと戸惑い、しかしたしかに感じる求められる悦び。言葉もわからないのに、そんな感情がはっきりとハルの心に沁《し》みわたった。

舞台を眺めながら、フェリクスが言う。

「実はね、僕はたまに、君が僕と同じ吸血鬼だったら――なんて考えることがある」

「……ぼくが、フェリクス様と同じ？」

言葉の意図がわからず、ハルはきょとんとしてしまう。

フェリクスの視線の先に答えがあるのかとハルも舞台を見つめる。けれど甘やかで感傷的な三重唱の中に、求める答えはないようだった。あったとしても、ハルには少し難しい。

「だけど、ハルの血を吸えなくなるのもいやなんだ」

複雑だ、とフェリクスがいたずらめいた笑みを浮かべた。流れるようにこちらに目線を向け、フェリクスは告げる。

「僕にはわかるんだ。ハルは他の人間とは違う。僕たちに嘘をついたりしないって」

「はい」

ハルはすぐにうなずいた。その問いには迷いようがない。

「ハルは、僕たちのことを愛してる？」

「愛……？」

しかし続けて問われた質問には、なにを答えていいのかわからなかった。

ハルはふたりを崇敬している。彼らはハルの生きる意味だ。なにを捧《ささ》げても惜しくない。自分がこうして生きていられるのは、拾ってくれた兄弟がいたからだ。——だけど、それを愛といえるのだろうか。

愛がなにかなんて、想像したこともなかった。考えたことも、感じたこともない。愛するという心の動き、愛されるという感覚が、ハルには難解で不可解だった。戸惑いと悦びに揺れる三重唱の少女のほうが、ハルなどよりもずっと愛を理解しているだろう。

黙り込んで考えるハルに、フェリクスがその目を細めた。

「こういうときは、嘘でもうなずくものだよ」

「嘘はつかないと、約束しました」

まっすぐ見つめて答えると、フェリクスが小さく苦笑した。

「君は、やっぱりいい子だ」

フェリクスはハルの手を取り、手袋の上から恭しく口づける。艶めいた眼差しで見上げられてどきりと胸がはずんだ。

「それでは今夜も、君に愛の尊さを教える必要がありそうだね」

フェリクスの甘い囁きに、ハルは顔を赤くさせてうなずく。

「……はい」

「僕ばかりが夢中になって、悔しい気もするけれど」

フェリクスはハルの手を包みこみ、くすりと笑ってそう告げる。その眼差しの美しさから、なぜだか目を逸《そ》らすことはできなかった。

5

翌日、目覚めるとすでに日が高く昇りきっていた。

深夜、ロンドンから屋敷に戻ったあと、フェリクスの宣言どおりアルベルトとふたりがかりで抱かれてしまった。深夜から彼らに抱かれ、ようやくハルが寝台に入ったのは、外が白みはじめるくらいだった。

兄弟のうちどちらか――おそらくフェリクスが、ハルを起こさないようにと執事かナジにでも声がけをしたのだろう。自然な目覚めに任せていたら、こんな時間になってしまった。

目覚めの一杯と着替えを終え、ハルは二階にある自室を出て大階段へと向かった。

今日は教会行きは諦めようと、まだぼんやりとした頭で考える。行ったところで、さすがにトーマスには会えないだろう。日課の朝の散策を欠かしたせいか、どうにも身体《からだ》がすっきり目覚めない。

「……あ」

大階段を下りきるのと同時に、くらりと軽い目眩《めまい》を覚えた。

昨日一日遠出をし、そのうえ朝まで抱かれたものだから、身体が疲れているのかもしれない。

ハルはたまらず、近くの壁に手をついた。――凭《もた》れた壁が、カチリと小さな音を立てて向こう側にわずかに沈む。

その奇妙な感覚に、ハルは慌てて扉から離れた。

（……なに？）

大階段の壁が、円を描くようにしてゆっくりとこちらに開いた。壁の模様だと思っていた大きなグロテスク文様の木枠は、実は扉の縁だったようだ。

その先には、地下へ下りる石階段が延々と続いていた。

「こんなところに、階段があったんだ……」

広い屋敷なので、表からはわからないような近道がいくつか存在していることはわかっている。しかし五年以上を過ごしながら、この扉はまったく知らなかった。

おそらく使用人たちの過ごす階下へと続いているのだろう。それにしてもずいぶん暗く、雰囲気の重い階段だ。ひっそりと獲物を待つ、怪物の口のようだった。奥がぽっかりと暗闇に沈み、先が見えない。

（どこに繋《つな》がってるんだろう）

使用人ホールか、それとも厨房《ちゅうぼう》か。

少しだけ迷って、ハルは扉の中に入ることにした。

ふだんならば、ハルはこうした勝手な行動は慎む。しかし昨日から変わった出来事が続いていて、すこし気が浮き立っているのかもしれない。

ふとした好奇心から足を一歩踏み入れると、そこから雰囲気が違っていた。底冷えのする空気はどこかよそよそしく、ハルの侵入を拒んでいるように感じる。

照明もなくひやりとした階段に、こつこつと自分の足音が響く。なんとなく忍び足で階段を下りきり、鉄製の大きな扉に行きついた。ぴちゃんと、足下の排水孔から、滴る水音が聞こえる。扉には頑丈そうな鍵がついているが外れていた。中に誰かいるのかもしれない。

こくりと息をのみ、ハルはその扉を開ける――。

扉を開けた瞬間、ひどい熱気と臭気に襲われた。

（……っ、なに、この臭い！）

奥へと続く殺風景な通路には、階段の冷たさが一転してひどい熱がこもっている。さらに不快なのは臭いのほうで、錆《さ》びた鉄となにかの焦げるような異臭が生理的な嫌悪を誘った。きつく鼻を塞いでも、防ぎきれないほどの悪臭だ。

――これ以上は近づかないほうがいい。

本能がそう警鐘を鳴らす。それでもハルの足は止まらなかった。この先になにがあるのか、自分は確かめなければいけない。なぜかそんなふうにも思ってしまう。

通路の途中にある一室に辿《たど》り着く。

半分開いた扉の奥に、人の気配を感じた。ごうごうと燃える火の音と、なにかを投げ入れるような鈍い音が聞こえる。そして、ひそひそと押し殺したような話し声がした。

覗《のぞ》き込むと一気に臭いが強くなり、ここが悪臭の発生源なのだとわかった。人影はふたり。屋敷の使用人である若い男たちだった。彼らは主に館の外の仕事を担う雑役夫で、ハルはほとんど接触したことがない。

暗い部屋の中には奥に巨大な窯があり、炎が燃えていた。臭気の元はまさにその窯で、なにかを焼いているためらしい。

ひとりの男が縦長の大きな白い袋を窯に投げ入れる。

白い袋はひとつではなく、いくつも部屋の隅に重ね上げられていた。もうひとりの男がそのうちのひとつを肩にかついで、さらに窯へと向かう。窯の中に投げ入れ、男は不満げな声を上げた。

「おい、エプロンは袋に詰める前にぜんぶ脱がせておけよ。一体ずつより一気にやったほうが手間がかからない」

「うるさいな、それならおまえがやればいいだろう」

ため息まじりに火掻《ひか》き棒で灰をならし、男が窯の戸を閉める。

その大きな音に、ハルはびくりと身体をすくませた。しかし彼らはハルに気づかず、会話を続けている。

「そういや、そろそろ新しいの集めに行かないと。今いるのはほとんど食ったし、あんまり残ってないだろ?」

「ああ、……あとは、小さいのが三、四人ってとこか？」

「どうでもいいが、孤児ばっかりってのはなんとかならないもんかね。血が薄いし、痩せてて量的にも食いでがない」

「しょうがないだろ。親にでも騒がれて、捜索隊を出されちゃ厄介だ」

「わかってるけどさ」

彼らの会話に、ハルはたまらず後退《あとずさ》る。

血が薄い。痩せて食いでがない。孤児ばかり。彼らはなにを話している？

同時に、以前、トーマスから聞いた話が脳裏に蘇った。この屋敷の使用人はすぐにいなくなるという話だ。雇われるのは、親がなく紹介状もない孤児ばかり。そんな孤児を雇うこの屋敷の主人たちは、大変な慈善家だと――。

彼らとトーマスの話がひとつに繋がり、ハルの視界が真っ白になった。

(嘘《うそ》、そんな、だってそれじゃ、トーマスは……)

あの積み上げられた白い袋の中には、いったいなにが入っているのか。知りたくないのにわかってしまった。彼らがいったい、なにを焼いているのかも。

「――オペラはいかがでした？」

突然背後から声をかけられ、ハルはヒッと喉を鳴らして振り返った。

「ナジ、さん」

そこには、ナジが立っていた。手にランプを持ち、その顔にはいつもと変わらない穏やかな笑みを浮かべている。

「昨晩はフェリクス様とお出かけになったのでしょう？　久々のロンドンですね。満喫されましたか？」

「あ、あの……」

「どうなさいました？　なんだか、幽霊にでも遭ったような顔をしていらっしゃる」

くすりと笑い、ナジが続ける。

ナジは怯《おび》えるハルの背後、――窯の部屋のほうへと目線を向けて言った。

「しかたのないことです。違いますか？　だって、わたくしたちだって食べなければ死んでしまいますから。とくに彼らは、ご兄弟やわたくしたち純血種とは違って、生きるために大量の血が必要なのです」

「大量の血が……？」

「ええ、彼らは吸血鬼としては未熟なのです。元は人間でしたから」

「人間」

「わたくしたちに吸血されて命を落とした人間の中には、棺《ひつぎ》の中で目を覚ましてこちら側に来る者がいるのです」

ごく稀《まれ》なことですけれどと、ナジが淡々と言う。

「だ、だけど、……吸血鬼が生き延びるためには、ほんの少しの血で充分だと、フェリクス様が」

「純血種はと、フェリクス様は仰《おっしゃ》いませんでしたか？」

ナジの冷たい返答に、身体の芯まで凍りつく。

「そんな、嘘、ですよね……？　だって、人間なんて、それじゃ」

「ハル様と同じですね」

穏やかに告げるナジに、もう言葉も出なかった。

血を吸われて死んでしまった人間があぁして吸血鬼になるというのなら、自分だって例外ではない。ハルは人間で、彼らは吸血鬼だ。この屋敷にはたくさんの吸血鬼がいる。彼らが人の血をその糧にしていることくらい、わかっていたはずだ。

しかし彼らがあまりに人と変わらないものだから、失念していた。彼らが人間を餌とする魔物だということを。

そして、この屋敷が吸血鬼の城だということを。

「ご安心なさいませ、ハル様。彼らのことなど、ハル様には少しも縁のないことです。怯える必要などございません」

声もなくして立ちすくむハルに、ナジが優しく語りかける。

「ご兄弟の庇護《ひご》があるかぎり、ハル様があの窯の中に入ることはないのですから」

数時間前に目にした地下室の光景が、脳裏に焼きついて離れない。立ちこめた熱気、積み上げられた白い袋、人の焼ける臭い……。

夕日の差す温室のソファで、ハルはたまらず自分の身体を抱きしめた。胃の奥から込み上げそうになるものをどうにかのみ込む。あれから上階に上がって何度もお湯で身体を洗い流したけれど、あの臭気が今も染みついているようで気分が悪かった。

今はアルベルトもフェリクスも一緒にいるというのに、塞いでいてはおかしく思われる。そうわかっていても、この屋敷で日常的に行われていることを思えば平常心でなどいられなかった。今この瞬間も、館の地下で人間の命が失われているのかもしれないのだ。

（最初からわかっていたことなのに……）

この屋敷の住人にとって、人間がどういうものなのか。

ひとり考え込むハルの視界に、すっと一冊の本が入り込んだ。

本を差し出したのはフェリクスだ。優雅に目を細めて、ぱらぱらと分厚い本のページをめくりはじめた。外国の神話の本のようで、ところどころに挿絵が入っている。

「ねえ、ハル、これを見て」

「これは……？」

「昨日、劇場で話しただろう？　オーロラだよ」

フェリクスに勧められるまま開いたページに目線を落とすと、甲冑《かっちゅう》を纏《まと》った女性たちの勇ましい挿絵があった。暗い夜空を果敢に駆け抜け、天に向かっているようだ。

「オーロラにまつわる神話が、世界にはたくさんあるんだ。実際に目にする前に、いろいろ知っておいたほうがきっと楽しいよ。北欧神話では、ワルキューレたちの甲冑の煌《きら》めきなんだって。国によってこういう言い伝えがあっておもしろいよ。武装した神の騎兵隊だったり、龍だったり」

くだらないとでも感じたのか、アルベルトがいつもの調子で一蹴した。

「ただの夜空だ。見てどうなるものでもないだろう」

「そんなことを言うなら、アルは連れていってあげないよ。君にはそうでも、僕とハルには違うんだから」

「物見遊山の旅になど、はなから付き合うつもりはない」

そんなふたりのやりとりが、どこか遠くハルの頭に響く。

（昨日話したオーロラの旅行のこと、本気で考えてくださってたんだ……）

その気持ちがありがたいはずなのに、今は少しも胸が騒がなかった。フェリクスは優しく、アルベルトだって最初に出会ったときに比べれば、他愛《たわい》ない会話くらいは交わしてくれるようになっている。

――だけど、彼らや彼らの仲間は、自分とは違う存在なのだ。

考えれば考えるほど、ハルは隠された地下での出来事をどう受け止めればいいのかわからなくなっていた。激しく心が揺れる。

ハルがパンを食べるように、彼らは人の血を吸わなければ生きていけない。そのことを思うと、ハルには正しい答えなんてわからなくなった。飢えることの辛《つら》さを、いやというほど知っているからだ。喉や腹をかきむしりたくなるほどのあの苦しみを、たとえ人でないからといって他の誰にも味わってほしくはない。

あの地下でのおぞましい行為も、彼らが生きるためには必要なもので、だけど……。

たまらず、ハルは本の縁をきつく握りしめる。

（トーマス……！）

それでも、トーマスだけはだめだ。

トーマスに明るく笑いかけられると、それだけで悩みが飛んでいった。教会で交わすなんでもない会話が、どれほど慰めになっていただろう。トーマスはハルにできた初めての友人なのだ。たったひとりの友人だ。

思い詰めてハルがたまらず顔を歪《ゆが》ませると、アルベルトに声をかけられた。

「どうした」

「……えっ」

「唇まで青い。ひどい顔だぞ」

ハルはハッとしてアルベルトを見返す。なにもかもを見通すような怜悧《れいり》な眼差《まなざ》しにぎくりとした。その双眸《そうぼう》から逃げるように、ハルは思わず顔をうつむける。

「すみません……、なんだか今日は、疲れていて」

無理に笑顔をつくって答え、ハルはソファから腰を上げた。

「……少し、外の空気を吸ってきますね」

そう言うなり、ハルはふたりの返事を待たずに温室を後にした。落ち着かないハルの様子に兄弟がかすかに驚きを見せる。しかし今のハルには、彼らの反応を気にかけている余裕などなかった。

(彼を、この屋敷から逃がさなくちゃ……)

ハルはそう決意する。自分の選択は、きっと兄弟の意に反している。それでも友人の命を見捨てることなんてできなかった。家族を失いそれでも明るく懸命に生きる友人に、これ以上の不幸が起こるなんて耐えられない。

ふたりから自分の姿が見えなくなったことを確かめると、ハルは急いで教会へと走り出した。もう夕暮れ時だ。この時間に教会に行ってトーマスに会えるかはわからないけれど、それでもじっとしてなどいられなかった。

(ごめんなさい、……だけど、トーマスだけは)

縋《すが》るような思いで、ハルは教会へと走りだした。

間もなく完全に日が沈む。夜が近づき、吹き抜ける風の冷たさにハルはたまらず身震いした。温室を出てから、ハルは屋敷中を走りまわった。教会にも階下の使用人室にも、どれだけ探してもトーマスの姿はなく、気ばかりが焦っていく。

（どうしよう、まさか、トーマスは、もう）

同じ場所を何度も回り、二度目に訪れた炭焼き小屋でようやくトーマスを見つけたときには安堵《あんど》でその場にへたり込みそうになった。頬まで炭で黒くしたトーマスが、血相を変えたハルにその目を大きくする。幸いなことに、周りに人はいなかった。

逸《はや》る気持ちを抑えて、ハルは小屋の中に足を踏み入れる。

できるだけ声をころし、前置きもなしに告げた。

「なにも訊《き》かず、今すぐこのまま屋敷から離れて。そして二度と戻ってこないで」

シャツの両袖を留めるカフリンクスを取り、トーマスに渡す。戸惑うトーマスの真っ黒な手に、高価な装飾品をふたつ、しっかりと押し込めた。

「これを売れば、少しは生活の足しになると思う。持っていって」

「ちょっと、待ってください！　あの、おれ、……やっぱりクビってことですか？　でも、ここを出てったら仕事なんて」

「違うんだ、そうじゃなくて」

焦るあまりなにを伝えればいいのか、考えをうまくまとめられない。しかし今にも泣きだしそうなトーマスの顔を見て、ハルはようやく我に返った。

トーマスにすれば、この屋敷を出て仕事を失うということは、街での路上生活に戻ることを意味する。出て行けと言われてすんなり受け入れられるはずもないのだ。ハルは眉をよせて、トーマスの手をさらに強く握りしめた。

「……他の誰にも言わないと約束してくれる？」

「そりゃ、言うなと言われりゃ、もちろん」

うろたえながらも首を縦に振るトーマスに、ハルは「絶対にだよ」と念を押す。もう一度トーマスがうなずくのを確認して、ハルは重い口を開けた。

「この屋敷には吸血鬼がいるんだ」

言って、ぐっと唾をのむ。

「それも、ひとりやふたりじゃない。……この屋敷のほとんどの人が、人間じゃないんだ」

ハルの訴えに、トーマスは一瞬ぽかんと目を見ひらいた。しかしすぐに、小説や舞台じゃあるまいにという顔で曖昧に笑う。

「そんな、まさか……」

「トーマス！」

名前を呼んで、その目をじっと見つめた。

「よく思いだしてみて。この屋敷で暮らして、なにかおかしなことはなかった？　なんでもいい。たとえば、長く勤めている使用人たちと、一緒に食事をしたことが一度でもある？　ちゃんとした食事じゃなくても、ビスケットや、ほんの一杯のワインでも……そういうなにかを口にしている姿を見たことがある？」

「それは、一度も」

その顔にはまだ苦笑が浮かんでいたが、トーマスはすんなりと首肯した。この屋敷で彼らと過ごし、トーマスなりに不審に感じることがあったのかもしれない。彼らはほとんど人と変わらない。けれど食べるという生きるために最も基本的な動作が異なる以上、どれだけ隠しても共同生活に歪みが生じるのは当然だ。

それでもトーマスの迷いは大きいようだった。ハルは祈るような気持ちで、トーマス、ともう一度その名を呼びかけた。

「君が以前、ぼくに話してくれたことがあるよね？　新人の使用人たちがどんどん姿を消して、だからいつも人手が足りないって」

ハッと、トーマスが顔を上げる。

「それは、駆け落ちでも夜逃げでもないんだ。彼らは、……もう……」

それ以上はとても口にできず、ハルは唇をかんで黙り込んだ。トーマスの顔がはっきりと青くなっていく。数日、数週間と同じ屋根の下で暮らした仲間たちのことを思っているのかもしれない。

そんな、と声を震わせ、トーマスがハルを見返す。

「それじゃ、もしかしてハル様も……？」

「……ぼくは違う。本当は、君と同じ。元は、ロンドンで暮らしてた孤児だったんだ」

ふるふるとかぶりを振って答えた。ようやく本当のことを告げることができて、こんなときだというのに胸が少しだけ軽くなる。友人に本当のことを打ち明けられずにいたことが、ずっと胸に引っかかっていたのだと初めて気づいた。

ハルの告白に、トーマスの目からはっきりと迷いが消えた。

「わかった」

芯の通った声だった。ハルの言葉が嘘でないと信用してくれたのだろうか。トーマスがしっかりと、ハルの手を握りかえしてくる。

「それなら、ハル様も一緒に逃げよう」

真剣なトーマスに、ハルの心が小さくざわつく。

逃げる？　この屋敷から自分が？　地下での事実を知ったあとも、そんなことは考えもしなかった。ここがハルの居場所で、アルベルトとフェリクスがいるからだ。いつか彼らの役に立つことが、ハルの生きる理由で目的だった。この屋敷にどんなに恐ろしい秘密があったとしても、それだけは変わらない。

ハルは首を横に振り、はっきり答えた。

「ぼくは行かない」

なんでだよ、とトーマスが声を大きくする。

「おれひとりで逃げられるわけないでしょう！　ここが本当に吸血鬼の屋敷だっていうなら、ハル様をこんなところに残していけるはずがない！」

「ううん、ぼくは大丈夫。——大丈夫な理由があるんだ。それに、残らなくちゃいけない理由もある」

「そんなのおかしいよ！　それに、あいつらは吸血鬼で、ハル様は人間なんでしょう？　それならほんとに大丈夫な証拠なんてなにもないじゃないか。いつ、あいつらの気が変わって殺されるか、わかったもんじゃない」

トーマスはぎゅっと顔を歪め、苦しげな声を出す。

「おれ、父ちゃんも母ちゃんも死んで、ウィルも死んで……、自分が生き残れただけでも幸運なんだってわかってたけど、それでもどうしようもなく哀《かな》しかった」

ぎゅっと、痛いほどに手を握られた。

「トーマス……」

「ウィル、ちっちゃい身体で苦しんでるのに、なにもできないことが辛かった。父ちゃんたちが先に死んでたから、果物のひとつも買ってやれなくて。……おれ、ハル様が好きだよ。おれは使用人だけど、ハル様とは友だちだから」

だから、とトーマスが語調を強める。

「今度こそ、おれは大事な人を死なせたくない」

はっきり口にして、トーマスはハルの手を強く引いた。

「……あっ」

「どうしてもいやだっていうなら、このまま無理にだって——」

ハルよりもわずかに小さな身体で、それでも必死につかんだ腕を引っ張る。しかし小屋へと続く道の向こうに人の気配を感じ、どちらからともなく手を離した。トーマスはほんの数秒逡巡《しゅんじゅん》するが、どうにか迷いを振りきって人気のない林のほうへと走りだした。

「必ず助けにきます。——絶対に！」

こちらを振り返り、トーマスがしっかりと告げた。トーマスの姿はすぐに木陰に隠れて見えなくなったが、その声だけはずっとハルの耳に残っていた。

トーマスが屋敷を去って数日が経《た》ち、なんとなく気の入らない毎日が続いていた。

館の二階の窓から、ハルは玄関正面に広がる庭園をぼんやりと眺めていた。夕暮れ時の空は曇天で、降りしきる雨は館を閉じ込める銀糸の檻《おり》のようだ。

一面に広がる緑の向こうにも正門は見えない。館から向かうには馬車が必要なほど遠く、木立に遮られているためだ。庭園や並木のアプローチを抜け、橋を渡り、さらにいくつかの門を越えた向こうに正門はある。

人々の暮らす街は、それほどハルのいる場所から離れていた。

（オーロラの名前、トーマスに教えてあげられなかったな……）

せっかく教えてもらったのに、伝えられなかった。かつての祖父のように、自分も見たいと笑っていたトーマスを思い出す。別れ際にほんのひと言、教えてあげられたらよかったのだけれど。

ほんの二、三日前の別れが、なんだかずいぶん昔のことのように感じた。

無事に逃げてくれたのか、あれから屋敷でトーマスの顔を見ることはない。ハルのほうも、あれきり教会には足を運ばなくなっていた。それでいい。会えなくていいのだ。トーマスが屋敷を出て、無事に生き延びてくれれば、それだけでいい。

友人はいなくなったけれど、ハルには兄弟がいる。彼らの存在はハルの救いだった。元々、兄弟のためにある命だ。彼らに満足してもらうことがハルの生きる理由だ。

だから、一日も早く美味《おい》しい血になりたかった。

この数日で、ハルの想《おも》いはさらに強くなっている。幸せになりたい――ならなければいけない。だけど、どうすればいいのか、ハルにはわからない。

沈んだ気持ちで窓の外から中へと目線を移すのと同時に、フェリクスに名前を呼ばれた。

「ハル、ちょっといいかな」

「はい」

いつの間にそばに立っていたのか、フェリクスがすぐかたわらで微笑《ほほえ》んでいる。その隣にはアルベルトが立っていた。

アルベルトの眼差しの険しさはいつもと同じだ。しかし気のせいか、いつもより纏う空気が重い。にわかに戸惑ってフェリクスを見上げると、いつものようにその目を優しく細めてくれた。

「君に見せたいものがあるんだ。ついてきて」

しかしその声は命令的で、どこか冷たい。

うむをいわさぬ調子でそう告げると、フェリクスとアルベルトはハルに背を向けた。ハルはうろたえながらも、黙ってその後に続く。とても声をかけられる雰囲気ではなかった。鋭く緊張した空気に、ハルの心音が大きくなる。

兄弟は回廊を抜け、大階段へと進む。足早に大階段を下りきったその先、――壁に隠された扉の前でふたりが立ち止まり、ハルを振り返った。忌まわしい光景が一瞬で脳裏に蘇り、ハルはたまらず息をのむ。

カチリと、フェリクスがその扉を開けた。

「ここは……」

「入って」

動揺するハルに斟酌《しんしゃく》せず、フェリクスが短く告げる。兄弟はハルを先頭に立たせ、扉の奥へと進ませた。石階段へと足を踏み入れた瞬間、憶《おぼ》えのある冷たい空気にハルの肌が一気に粟立《あわだ》つ。硬質な拒絶感。進みたくないと、全身がそう告げている。

たまらず立ち止まると、フェリクスの声が背後から聞こえた。

「ハル、下りるんだ」

「は、はい」

ふたたび命じられ、ハルは怯える足をどうにか宥《なだ》めて先へ進んだ。

石階段の端にある溝を濁った雨水が伝い、湿った音を立てて排水孔に流れ落ちていく。キキッと引きつるような鳴き声を上げて走り抜けていく鼠《ねずみ》に、ふとイーストエンドの街角を思いだした。今にも崩壊しそうな建物の石壁に挟まれた、暗く狭い路地の閉塞感だ。灯りもなく、よけいに心細さが募る。

息苦しさに、ハルの呼吸が速くなった。指先まで冷え切って、身体が震えて止まらなくなる。階段を一歩下りるごとに、不安と怯えが大きく育っていった。これからなにか、凄《すさ》まじいものが自分を待っている気がして足がすくむ。なによりも恐ろしいのは、兄弟がひと言もハルに話してくれないことだ。

どうして、兄弟は自分を地下に連れていくのだろう。

地下で自分に見せたいものとは、いったいなに？

ここはいやだ、早く上階に戻りたい。

胸に次々に浮かび上がる怯えをおして、どうにか階段を下まで下りきる。辿り着いた鉄扉の鍵は、今日もかかっていなかった。

背後から伸びてきたフェリクスの手が、重苦しい扉を開く。あの日の熱気と臭気を思いだして胃液が込み上げそうになるが、予想に反して、ひやりと冷たく静まり返っていた。鼻をつくほどの異臭はないが、代わりに壁に染みついたような鉄の錆びた臭いが満ちている。――死臭。そう感じるのは、以前目にしたあの光景のせいだろうか。

扉をくぐり、兄弟に促されるまま奥へと進む。窯のあったあの部屋の扉は、今日は固く閉ざされていた。そのことにわずかに安堵し、さらに歩く。いくつかの部屋を横目に通り過ぎたころ、ようやくある部屋の前で止まるように言われた。

その部屋の扉は、木製で上部が半円の形をしていた。ちょうど大人の目線がくるほどの位置に鉄格子のはまった覗き窓があり、そこから灯りが漏れている。扉にはさらに、鉄製の頑丈な閂《かんぬき》がかけられていた。

牢《ろう》だ。鍵は開いているが、その威圧感にのまれそうになる。

「あの、この、部屋は……？」

「中へ」

ハルの問いには答えず、フェリクスがやはり端的に告げる。アルベルトはここに来てもなにも話そうとしなかった。そんなふたりにかすかに唇を震わせ、ハルは扉を押す。

縦長の手狭な部屋には、ランプを手にしたナジと、他に三人の雑役夫の姿があった。あの日、地下で見た男たちがいる。殺伐とした部屋には、家具らしいものはいっさい見当たらなかった。一斉にこちらを振り返る無機質な視線に、ハルの背筋がぎくりと凍りつく。

ボウッと、ランプの灯りが揺れる。

ふいに、橙色《だいだい》の光が、彼らの足下に横たわるものの輪郭を映しだした。

誰かが寝そべっているみたいだ。その身体はハルよりもわずかに小柄だった。少年のように見える。ナジがわずかに身を引き、足下に隠れていた少年の顔がはっきりと灯りに照らされた。

見覚えのある面差しに、ハルはヒッと喉を大きく引きつらせる。

「トーマス…っ！」

トーマスの身体が、冷たい床の上に仰向けの状態で放り出されていた。目を固くつむり、ぴくりとも動かない。紫色の唇がかすかに開いていた。元からくたくただったシャツがさらに引き裂かれ、トーマスの痩せた身体が覗き見えている。肌には無数の鬱血と咬《か》み痕があった。首筋や脇腹や腕や……、とても数え切れない。

――絶命している。

よろけるハルの肩を、アルベルトが大きな手でしっかりと支えた。嘘。嘘だ。目にしている光景をとても信じられず、ハルはがくがくとかぶりを振る。

トーマスは、逃げたはずではなかったのか。

無事に屋敷から離れて、生きているのではなかったのか！

呼吸さえ忘れてトーマスを見下ろすハルに、ナジが無言のままランプを向ける。暗い部屋には眩《まばゆ》すぎる灯りに照らされ、ハルはたまらず目を眇《すが》めた。思わず後退りしそうになるが、アルベルトに身体をつかまれて叶わない。

フェリクスはトーマスのそばまで進み、ハルににこりと笑いかけた。

「君に弁解のチャンスをあげる」

フェリクスの声が牢にくっきりと響き渡る。

皿の上の食べ残しでも見るような無感動な目で、フェリクスはトーマスの身体を見下ろしていた。淡々としたその表情にゾッとする。ハルがロンドンで初めてフェリクスに出会ったときに感じた、いっさいの感情もうかがえない眼差しと同じだった。

「この子供は、僕たちの正体を知っていたそうだ。それで、必死に逃げていたんだと。馬鹿な子供だ。吸血鬼の屋敷から、誰にも気づかれずに抜け出せると思ったなんてね。……いったい誰の入れ知恵かな」

そう言うと、フェリクスが床になにかを投げ捨てた。

硬い音を立てて、ふたつの小さな塊が落ちる。カフリンクスだ。カラカラと、トーマスのもとまで床を転がっていく。

「その子供のポケットに入っていたものだよ。見覚えはあるよね？」

君のものだ、とフェリクスが肩をすくめた。

「最初は、そこの子供が勝手に盗んで逃げたのかとも考えたんだ。だけど、裏で雑用をさせていた彼が、上階にある君の部屋に入れるとは思えなくてね。……それに、君たちは館の外にある教会でしょっちゅう会っていたそうじゃないか」

見かけた使用人がいるのだと、フェリクスが言う。

「彼にも直接訊いてみたんだけれど、答えてくれなかったよ」

「……直接、訊いた？」

フェリクスの言い様に、ハルの全身が凍りつく。

それはまさか、トーマスの身体に無残に散らばる痕と関わりがあるのだろうか。

そう思うのと同時に涙が込み上げた。ほろほろと水のような涙が頬を伝ってこぼれていく。

いったいどれほど、トーマスは恐ろしい思いをしたのだろうか。

よけいなことをしてはならないと、ベスのことがあってわかっていたはずなのに。彼との時間が楽しくて、自分で決めていたことを破ってしまった。もう何年も、誰にも関わらないようにと心も口も閉ざしてきたのに、兄弟に大事にされて忘れてしまった。ベスはまだいい。彼女は仕事を失っただけだから。だけどトーマスは違う。彼が失ったのは命だ。

ぜんぶ自分のせいだ。

逃げろだなんて、無責任にけしかけてしまったから！

瞬《まばた》きも忘れて泣きつづけるハルを気に留める様子もなく、フェリクスは続けた。

「さあ、ハル、君の知ることを僕たちに教えてくれないかな。だけど、答えは慎重に選んだほうがいいよ。チャンスは一度きりだ」

にこりともせずに告げるフェリクスを、ハルは涙の浮かんだ目で見返した。そして背後のアルベルトを。視界が滲《にじ》んでまともに彼らの表情を見ることができなかった。誰よりも大切で、絶対であるはずの彼らの顔が、涙に溶けてこぼれていく。

ハルの希望。救い。生きる理由である彼らの姿が、見えない。

無意識に、言葉が唇からこぼれ落ちた。

「ぼくが、トーマスに逃げるように言いました。この屋敷には、吸血鬼がいるからと」

淀《よど》みないハルの言葉に、フェリクスが眉間に皺《しわ》を刻む。

「――なぜ」

なぜ？　今、フェリクスはなぜと言ったのだろうか？

そのひと言に、ハルの思考がさらに混乱した。友人に死んでほしくないと、そう思う気持ちはおかしいのだろうか。なぜだと問われるようなことなのだろうか。自分のことはいい。どうなったって構わない。血の一滴に至るまで、すべてが兄弟のものだから。

だけど、トーマスは違う。

こらえようのない無数の想いがふくれ上がり、ハルの中ではじけた。

「彼に、死んでほしく、なかったから……！」

昂《たか》ぶる感情を露《あら》わにするハルに、フェリクスの瞳の色が濃くなる。肩をつかむアルベルトの手も、わずかに硬くなった気がした。

兄弟に語気を荒らげるなんて、とても許されることではない。頭ではそうわかっているのに、抑えられなかった。

「とても耐えられなかった！　……だって、トーマスは、ぼくにできた、ただひとりの友だちでした。友だちを、こんな無残な姿にしたくなかった。全身の血を吸われて死んでしまうなんて、そんな恐ろしいこと、見て見ぬふりできなかった！」

泣きながら言いきるハルに、フェリクスの表情が固まる。どうしてなのか、フェリクスのほうがひどく傷ついた顔をしていた。ハルの言葉が信じられないとでもいうように、ふっと、きつく渋面をつくる。

（……フェリクス様？）

シンと広がる沈黙に、ハルの胸がきつく縮んだ。耳鳴りが聞こえるほどの静けさの中、ようやくアルベルトが口を開く。

「では訊くが、その子供が屋敷を逃れて私たちの正体を他の人間たちに知らせたとしたら、この屋敷はどうなったと思う」

頭上から降ってくる重苦しい声に、ハルはハッと息をのんだ。

「その場合、床に転がっていたのは私たちのほうだな。人間一人の力など非力でどうというものでもないが、徒党を組んで数で攻められては厄介だ。そうして狩られた同種がどれだけいたかなど、おまえに話しても無意味なことだが」

「そ、んな……」

重ねて、アルベルトが告げた。

「人間のおまえが、私たちではなく人間を選んだ。それだけのことだ」

「違います……、そうじゃない、ぼくは、ただ」

ハルは愕然《がくぜん》とする。トーマスを助けたかった。だからといって、兄弟の身を危険に晒《さら》す気など、微塵《みじん》もなかった。しかし結果的には、兄弟も友人もどちらも失いかねない、取り返しのつかないことをしてしまったのだと知る。

「……でも、どうすれば」

どちらを選べばいいという問題ではない。ハル自身の迷いが、心のやわらかい部分に鋭く食らいついた。もしも自分のせいで兄弟に万が一のことがあったらと想像するだけで、この身がバラバラに千切れてしまいそうだ。だからといって、やはり友人を見捨てることもできない。

言葉もなくして泣きつづけるハルに、フェリクスが冷たく告げる。

「これ以上は話しても無意味なようだね」

「フェリクス、さま……」

「どうやら僕はひどい考え違いをしていたらしい。人である君が、人の生き血を啜《すす》って生きる僕らを本当に受け入れているだなんて。……考えるまでもない。そんなことはありえないことだと、わかっていたはずなのに」

ハルは嗚咽《おえつ》を漏らしながらかぶりを振る。しかしフェリクスはそれきりハルから目を逸《そ》らしてしまった。アルベルトももうなにも言ってくれない。

肩に置かれたアルベルトの手が離されるのと同時に、ハルはその場にくずおれた。冷たい床の感触に、全身が痺《しび》れて指先ひとつ動かせない。その足で立つ気力はなく、床にへたり込んで兄弟を見上げた。

ふたりはもう、ハルを見ない。

フェリクスは振り向きもせずにハルの横を通りすぎた。アルベルトも一瞥《いちべつ》をくれるだけで、声をかけてはくれなかった。雑役夫のひとりがトーマスの身体を抱え、ナジと共にその後に続く。……行ってしまう。トーマスを、あの白い袋に入れるつもりなのだろうか。そしてあのごうごうと燃えさかる炎の中に。

待って。待ってください。そう必死に心の中で叫ぶけれど、感情が喉の辺りでぐるぐると渦巻くだけで言葉にならなかった。だって、どちらも選べない。――人か、吸血鬼か、どちらか一方の命なんて。

牢を出る間際、フェリクスが牢に残った男たちに告げた。

「それは、もういらない」

好きにしていいと言い残し、兄弟はハルを置いて牢を後にした。

ハルとふたりの男を残し、ガチャリと重い音を立てて扉が閉まる。唯一の灯りを失い、牢の中は一気に暗闇に閉ざされた。ハルはそれでもその場から動くことができない。

あとにはただ闇が残る。

そして、首筋にかかる魔物たちの息づかいがあった。

6

あれからどれほどの時間が流れたのか、真っ暗な牢の中ではわからない。

一日、一週間、——それともほんの数時間なのか。

コツコツと近づいてくる靴音、そして扉の開く音に、ハルは重い瞼《まぶた》を薄く押し上げる。視界がひどく霞《かす》み、ランプの灯りが映す人の輪郭がぼんやりと見えるだけだった。

また、誰かが血を吸いにやってきたのだろうか。

あれから幾人もに代わる代わる血を吸われ、全身がずきずきと熱をもっていた。

頭が痛い。身体も。指や爪先の感覚が遠く、このままどこかに持っていかれそうだった。それよりも水だ。喉が渇いていた。水がほしい。全身がからからに干からびて、砂にでもなってしまったみたいだから。

遠慮のない吸血がどれほどの苦痛を伴うものなのか、ハルは身をもって知った。閉じ込めた餌であるハルには、唾液で痛みを抑える手間も面倒なのだろう。彼らに容赦なく咬みつかれるたび、皮膚を鋭い牙で貫かれて意識が遠のきかけ、実際に何度も気絶した。

アルベルトやフェリクスに血を吸われて、苦痛を覚えたことなど一度もない。彼らがどれだけ自分を丁寧に扱ってくれていたのか、こうなって初めて理解した。

（アルベルト様……、フェリクス様……）

朦朧《もうろう》としながら、ハルは胸の中で兄弟の名前を呼ぶ。

一度犯した裏切りは消せない。アルベルトやフェリクスの関心を失ってしまったのは、ハルみずからの行いのせいだ。それでも、屋敷で彼らとともに過ごした日々を思うと、胸が焼け焦げてしまいそうだった。会いたい。最後に少しでいいから、彼らの声を聞きたい。

自分の中に刻みつけるように、何度も何度も、その名前を呼びつづける。

コツンと、硬い靴音がすぐ頭上で聞こえる。ハルの願いに呼応するように、頭上から求めつづけていた声がした。

「慈悲が欲しいか？」

威厳に満ちた低い声。ハルの目が少しずつ灯りに慣れて、見下ろすその人の姿をどうにか捉える。……あまりにも兄弟の面影を求めすぎて、幻でも見ているのだろうか。

アルベルトの怜悧な眼差しがそこにあった。

「……アルベルト、さま」

ひゅう、と喉を鳴らしながら、掠《かす》れる声でその名前を呼ぶ。アルベルトは答えないが、姿が闇に消えることもなかった。背筋を伸ばし、まっすぐに立ってハルを見下ろしている。

幻ではない。

そう実感し、胸が震えた。身体の奥から熱いものが込み上げる。

ハルは姿勢を正そうと試みるが、指一本にも力が入らずとても起き上がることができなかった。アルベルトはそれには構わず、淡々と告げる。

「おまえは昔、私たちのことを神だと言ったが、やはりそれは違うようだ。――私は神とは違い、おまえを楽にしてやるくらいの慈悲は持ち合わせているからな」

慈悲、とハルは口の中だけで繰り返した。

「苦しみから解放されたいのならばそう言えということだ。すぐに終わらせてやる」

捨て置いてもよかったが、とアルベルトが続ける。

「だが、その前におまえに訊きたいことがある」

「訊きたい、こと……」

「おまえは、いったいなにを考えている？」

わずかに、アルベルトがその目を細めた。

「……おまえは妙な人間だ。どうしてそう思うのか、私にもわからない。だが、フェリクスも同じように感じているようだな。弟がなぜおまえにここまで執着を見せるのか、私はずっと疑問だった」

「お優しい方、ですから」

「優しい男が、おまえをこうして見捨てるのか」

「きっと、……それほど、お怒りに」

「まあいい」

アルベルトが吐きすてるように言う。

「なんにせよ、私の弟は種族の違いを忘れて人間に夢中になるほど愚かではなかったはずだ。それが、どうして人間であるおまえの裏切りなどに、ああも余裕を失っていたのか」

「それは……」

「なぜ人間のおまえと同じ目線に立って腹を立てる必要がある。人間など、私たちの餌でしかないというのに。鼠だって追い詰められれば猫をかむのだ。人間が私たちにかみつくことも、ままあることだ」

どこか苛立《いらだ》たしげに声を低め、アルベルトは言う。

「……それに私も、教会でおまえに会い、その言葉にわずかばかりでも真実があるのではないかと、そのように感じてしまった。私たちにその血で恩を返したいと言った、おまえの言葉をな。今となってはどうでもいいことだが、人間相手になぜそう感じてしまったのか。それが知りたいのだ」

壁に伸びるアルベルトの影が、ゆらりと揺れた。堂々とした厳しいその表情の奥に、かすかな戸惑いが隠れていることに気づく。おそらくアルベルトも自覚していないほどの、ほんの小さな矛盾が、彼の中に生まれている。

またしても涙が滲んだ。もう涙など涸《か》れてしまったと思っていたのに、眦《まなじり》を伝い落ち、冷たい床を濡《ぬ》らした。

「……ぼくは、おふたりのお気持ちを、裏切ってしまったんですね」

唇を震わせて言うハルに、アルベルトが眉間に深く皺を刻む。

「くだらないことを言うな。そもそも私はは人間など信用しない」

「……それではどうぞ、アルベルト様の手で、お慈悲を」

ハルはまっすぐにアルベルトを見上げて言う。

「どこまでも愚かなヤツだ。ここで救いを乞えば、私の気が変わるかもしれないというのに、そんな考えも浮かばないのか」

「いいえ。ぼくがおふたりを裏切って当然だと、アルベルト様にそう思われたまま生き延びることは、できません」

ハルの言葉に、アルベルトの眉間の皺がさらに深くなる。理解ができないと、その顔に書いてあるようだ。

「おまえは、……こんな目に遭って、なぜ私たちを恨まない？」

「恨む……？」

アルベルトの苛立ちが見る間に大きくなっていく。ふだん冷静なアルベルトが戸惑い、ひどく腹を立てているのだ。

語りかけている相手はハルだが、その怒りの矛先は、なぜかアルベルト自身に向いているように感じた。自分の感情をもてあまし、怒りに胸を焼いているようだった。舌打ちしかねない様子で、アルベルトが続ける。

「こうして牢に閉じ込められ、血を吸われて死にかけて、それでどうして、それほどまっすぐに私を見ることができる？　なぜ？」

ハルは霞む視界に、必死にアルベルトの姿を捉える。

「……アルベルト様やフェリクス様を、どうしたらそう思えるのですか」

「何？」

「恨むとすれば、それは、おふたりを裏切ってしまった……ぼく自身です」

ハルは喉を振り絞って必死に続ける。

「以前、教会でお会いしたとき、お話ししました。おふたりだけが、ぼくの神様なのだと。今でも、気持ちは変わりません。……おふたりに拾っていただいて、必要とされて、ぼくは初めて、自分が生きているのだと実感することができました。なにもできないこんなぼくでも、おふたりのそばでは、生きていてもいいのかもしれないと」

「……それができないから、もう死んでも構わないと？」

「はい」

ジッと、ランプの灯りが大きく揺れた。

一瞬かみしめた唇を開き、アルベルトが激情を押し殺すように言う。

「おまえは……、おまえは、本当に、なぜ」

熱を持った声は、かすかに震えていた。

アルベルトの言葉を聞き終わる前に、強い目眩に襲われる。これ以上、ハルがアルベルトの問いに答えることはできなそうだ。ひと声出すだけでも辛いところを、無理をして喋《しゃべ》りすぎてしまったのだろう。

それでも最後にこの気持ちを伝えることができて、ハルの胸は満たされていた。ふたりの役に立ちたいというハルの言葉に迷いなどない。あの日の教会での言葉もすべて。それがたとえわずかでもアルベルトに伝わっていたのだとわかって嬉《うれ》しかった。

（最後にアルベルト様のお声を聞けて、よかった……）

本当は兄弟ふたりに会えたらよかったけれど、それはさすがに欲張りだ。

身体に伸ばされる大きな手を感じながら、ハルの意識が闇に溶けていく。無言で見下ろすアルベルトの表情を、ハルは瞼の裏に焼きつけた。

硬く筋張ったそのてのひらを、最後に感じることができてよかった。

そのことにほっとして、ハルは安らかな眠りにつくことができた。


肌に感じるやわらかな温もりに、ハルはふっと目を覚ました。

ぼんやりと開いた目に、見慣れない天蓋が飛び込んでくる。朱色のベルベット生地に金糸で蔦《つた》の刺繍《ししゅう》が施された、威厳のある豪華なものだ。暗い牢に閉じ込められていたはずが、なぜだろう。

（まだ、生きてる……）

あのとき、牢で覚悟を決めたはずが、ハルは生きていた。

身体のあちこちが痛く、燃えるように熱い。同時に寒気が止まらず、呼吸するたびに胸が軋《きし》んだ。額には汗がぷつぷつと浮かんでいる。

しかし、汗はかいても、身体はずいぶんすっきりしていた。ハルは自分の身体が清められ、治療されていることに気がつく。よく見ると、あちこちに包帯が巻かれていた。眠っている間に手当てされたようだ。自分の置かれた状況に、ハルはかすかな戸惑いを覚えた。

寝台に横になったままで、軽く周囲を見渡す。古典的な装飾が壁や天井に施された豪奢《ごうしゃ》な部屋だ。ハルの寝室よりもさらに広い、屋敷の主寝室だった。

（この部屋、……アルベルト様の寝室だ）

兄弟が屋敷に戻る前は立ち入ることもあったが、アルベルトの寝室になってから、こうして中に入るのは初めてだ。同じ屋敷とはいっても、兄弟が夜に訪れていたのはハルの寝室のほうなので、アルベルトの寝室に近づく機会などなかった。

自分がアルベルトの寝台に寝ていることにハッとして、ハルは慌てて身体を起こす。しかしひどい目眩に襲われ、ハルはたまらず頭を抱えた。

「まだ寝ていろ。熱がある」

ちょうど部屋に戻ってきたアルベルトがハルに言った。

「アルベルト様」

「あれから五日も寝ていた」

たしかに、頭がひどく重く、吐く息も熱い。それにしてもあれから五日も経っていたなんて。ずっと眠っていたということに驚くが、それよりも、その間ずっと寝台を占領していたのかと思うと心苦しくなる。

アルベルトの前で横になったままではいられず、ハルはどうにか上体を起こした。

「ベッドを、長い間申し訳ありませんでした。だけど、どうして……」

どうしてアルベルトの寝室にいるのだろう。そもそも、なぜ牢から出して助けてもらえたのか。訊きたいことがたくさんある。

自分はもう、兄弟に見捨てられたと思っていたのに。

寝台の端に、アルベルトは腰を下ろした。

「なぜ、助けてくださったのですか？」

ハルが尋ねると、アルベルトは目を細めてふっと顔を逸らした。いつもと変わらず冷たい表情なのに、その瞳が揺れているように見える。しばらく無言で窓の外を眺めたあと、アルベルトが静かに息を落とした。

そしてハルに目線を戻し、細い首筋にそっと指先を滑らせる。

「……おまえが死んでしまったら、私は誰の血を吸えばいい」

「え？」

呆《ほう》けたように、ハルは訊き返した。夢を見ているのかもしれない。屋敷の吸血鬼たちに血を吸われすぎて、現実と夢の区別がつかなくなってしまったのだ。

ハルは瞬きも忘れて、まっすぐにアルベルトを見つめた。

「ぼくの血を、吸ってくださるのですか」

「そう聞こえなかったか」

アルベルトはそう言うと、ふたたびハルから顔を逸らした。それでもハルの首筋には触れたままで、そこから淡い悦《よろこ》びが広がるようだった。

これまで、初めて会った日の一度しかこの血を口にしてくれなかったアルベルトが、これからはハルの血を求めてくれるというのだ。――こんなに嬉しいことがあるだろうか。じんわりと心が痺れた。熱いなにかが胸の奥から込み上げそうになる。

「ありがとう、ございます……」

「おまえが礼を言うことではない」

不機嫌そうに言うが、怒っているというよりも、どこか戸惑っているように見えた。なぜだかそんなアルベルトの横顔がくすぐったい。

気を取り直すようにして、アルベルトが続けて言った。

「それより、しばらくは自室に戻るよりも私のそばにいたほうがいいだろう。目は覚めたが、この部屋で過ごすように手配しておこう」

アルベルトの言葉に、甘やかな熱が一瞬で蒸発する。自室に戻っては危険だと、そういう意味なのだろう。

フェリクスは今も、ハルを許してはいないのだ。

たまらずハルはうつむいた。許されないことをした自覚がある。だからこそよけいに辛かった。たった今浮き立っていたばかりの胸が、今度は痛む。心まで発熱しているみたいだ。喜んだり哀しんだり、浮かぶ感情の変化がめまぐるしくて、いっそこの身体から取り去ることができたら、どれほど楽になれるだろうか。

ゆっくりと顔を上げ、ハルはアルベルトに問う。

「アルベルト様、ぼくは、本当に、お許しいただいてもいいのでしょうか。この屋敷のみんなを……危険に晒してしまったのに」

首筋を撫《な》でるアルベルトの手が、ゆっくりと頬に移っていった。その大きな手で頬を包んでまっすぐに見つめられると、心臓が落ち着かなくなった。その碧《あお》い瞳の奥に宿る真摯な熱に、ハルの目元まで熱くなる。

「言っただろう。おまえは……おまえの血は、私に必要なものだ。引きつづきそばに置くと決めたのも私だ。誰であっても文句は言わせん」

「アルベルト様……」

ありがとうございます、とハルはか細い声で言う。そしてアルベルトの双眸を見返し、ゆっくりと口を開いた。

「トーマスのことは、最初にご兄弟たちに相談するべきでした」

たったひとりの友人を助けたかった。その気持ちは今も変わらない。生きていてほしかった。ハルが牢で味わったのと同じ苦しみを彼も知っているのかと思うと、目の前が絶望で真っ暗になる。

しかしだからこそ、彼を助けてほしいと、まず兄弟に相談するべきだった。

そうすればまた、別の結末があったかもしれない。

「この屋敷の人たちが生きるためには、たくさんの人間や、……トーマスの血が必要なのだと、ぼくはわかっていたつもりで、本当にはわかっていませんでした」

「そうだな」

「……ぼくは人間です。本当のことを言うと、今でもやっぱり、トーマスや他の人たちがこの屋敷で亡くなっていくことを、……完全に受け入れることは難しいです」

ハルの声が歪む。

「だけど、この屋敷でアルベルト様たちと生きていくからには、ぼくは屋敷のみんなのことを一番に考えなければいけなかった」

そう言いながらも、今だって胸を切り裂かれるような痛みを覚える。それでもハルは、彼らとともに生きると決めたのだ。

ハルの決意に、アルベルトが小さくうなずいた。

「大事な人間だったのか？」

「大事な？」

「……トーマスというのは、おまえにとってそれほど大事だったのかと訊いている」

喉の奥にぎゅっと苦みが走る。アルベルトの表情はいつもと変わらず冷たく見えるが、どこかハルをいたわるような色があった。

ハルは唇をかみしめ、ゆっくりとうなずいた。

「以前、フェリクス様と話していたオーロラのことを、最初にぼくに教えてくれたのはトーマスだったんです。いつか見たいと、目を輝かせていました。……そしてぼくも、いつの間にか同じことを願うようになっていました」

ロンドンの劇場で微笑みかけてくれた、フェリクスの横顔がふっと脳裏を横切る。

一緒に見にいこうと、あんなに優しく笑ってくれていたのに。これから先、あの碧い目がハルに微笑みかけることはない。アルベルトとフェリクスと、三人で過ごすことは二度とないのだ。

「ぼくが行いを間違わず、おふたりの意見を仰いでいれば、今とは違った未来があったかもしれません。オーロラだって、本当に見に行けたかもしれないけど……」

苦しいほどに胸が軋む。

薄く微笑んで、ハルは続けた。

「だけどもう、無理ですね」

優しかったフェリクスを、あんなに怒らせてしまった。いつだって大事にしてもらっていたのに。彼がハルに向けていた眼差しは、怒りではなくむしろ軽蔑だった。さんざん恩を受けながら彼を裏切ってしまったのだ。フェリクスに憎まれたとしてもしかたがない。

そっと目を伏せるハルに、アルベルトが初めて聞くような穏やかな声で言った。

「そんなに見たいのなら、私が見せてやる」

「え?」

「オーロラだ」

アルベルトの言葉に、ハルはその目を見返した。ふだんは険しいその目が、今はひどく優しい。慰めるように微笑む碧眼《へきがん》は、フェリクスに少しだけ似ていた。

アルベルトが静かに告げる。

「だからそんな顔をするな」

「……はい」

いったい、自分はどんな顔をしているのだろう。

思わず自分の頬に触れると、ぐっと身体を引きよせられ、真綿のようなやわらかさで抱きしめられた。その体温はやはり冷たく、ぴたりと触れるアルベルトの首元からは少しの脈音も聞こえなかった。

アルベルトの肌が冷たいほど、ハルはその大きな身体をこの両腕でしっかりと包みたくなった。生きている証《あかし》、この命の温もりを、彼らにわけてあげたくなる。

「……少し、血をもらってもいいか」

「お好きなだけ」

ハルはナイトシャツの襟をみずから開き、アルベルトに差しだした。

肌にひやりと押しあてられる唇に、そっと目を閉じる。牙が皮膚を貫く感触にも、もう怯えることはなかった。兄弟の吸血にやはり痛みはない。じわりと広がる淡い痺れの中に、ハルは小さな幸福を見つける。

ハルの首筋から唇を離し、アルベルトが小さく笑った。

「以前より、少しはマシになったか」

「本当ですか？」

「……少しだけだがな」

かすかに笑い、アルベルトがハルの両頬をてのひらで包み込んだ。

「んっ」

ふいに唇を重ねられ、どきりとハルの胸がはずむ。

突然の口づけに驚く間もなく、アルベルトに唇を開かされて舌を差しこまれた。――血の味がする。自分の血だ。その舌に残る血の味に小さく身体を震わせながらも、混ざり合う唾液とともにハルはこくりと喉を鳴らした。口内に錆びたような感覚が広がる。さらにアルベルトの舌で擦り込むようにされると、脳の奥がジンと痺れるようだった。

彼の生を感じた気がして、ハルの胸が悦びに震える。

「っ、ふぅ……」

肉厚な舌で搦めた舌を吸われ、ぞくりと肌が粟立った。これはきっと、熱の寒気ではない。擦れあう唇から、ハルの熱がアルベルトに移る。こんなに優しい口づけは初めてだった。アルベルトに求められていることをひしひしと感じる。どこまでも深い。

アルベルトはしばらくハルの舌を味わったのち、ようやく放してくれた。

「熱いな。やはりまだ熱が高いようだ」

「そう、ですか……?」

ハルは胸を上下させながらにこりと目を細めた。熱が上がったとしたら、アルベルトと口づけを交わしたからだ。そう思い、胸の鼓動が速くなる。

間近で見つめられると、ますます身体が熱くなった。口づけで嚥下《えんか》したアルベルトの唾液のせいだろうか。目覚めてからというもの、アルベルトがひどく優しい。なぜだろう。理由はわからないけれど、ハルの胸が甘く満たされる。

血を吸ってもらえるようになっただけでも嬉しいのに、こんなに大切に触れられては、熱に浮かされて溶けてしまいそうだ。ふわふわした頭でそんなことを思うハルに、アルベルトが熱い声で囁《ささや》いた。

「熱が下がったら、また抱いてやる」

「はい」

はにかみながら、ハルはアルベルトの碧い目を見つめる。もう一度下りてくる唇を、ハルは夢見心地で受け入れた。

その夜は、アルベルトに抱きしめられて夢も見ないほど深く眠った。

7

「楽しんできてくださいね」

「気分屋な侯爵殿のご機嫌伺いなど、なにが楽しいものか」

雲ひとつない秋空の下、アルベルトが箱馬車に乗り込みながら答えた。日が高く輝いている。

ハルがアルベルトに救われて目覚めた日から、一ヶ月以上が経っていた。

ハルは屋敷の玄関を背にして、小さく首をかしげる。

「今からお訪ねする方は、親しい方ではないのですか？」

「古い知人だ。どうせ耄碌《もうろく》して私の顔も憶えてはいまい。おまえと過ごすほうがずっと有意義だ。やはり、ロンドン行きは中止にするか」

うんざりした様子のアルベルトに、先に馬車に乗り込んでいるナジが咳払《せきばら》いをする。

「あちらからは数十年ぶりのお招きなのですよ。それに、一度行くとお答えしているのですから、今さらお断りなんてできません」

「イギリスに移ったことは、先方には伏せておくべきだったたな」

アルベルトは淡々と告げ、トップハットのつばを軽く上げた。残暑の中でも涼しい顔できっちりとイブニングコートを着込んでいる。襟元にはホワイトタイ。白い手袋をはめた手に、上部に獅子《しし》をかたどった象牙のステッキを握っていた。

アルベルトとナジは、今からロンドンの知人の屋敷に向かうそうだ。吸血鬼同士でも繋がりがあることを知り、アルベルトたちには言えないが、なんとなく妙な印象をもってしまった。永いときを生きるためか、そう頻繁に会うことはしないらしい。フェリクスも面識があるようだが、今日は朝から友人が訪ねているため屋敷に残るようだ。

見送りに立つハルに、アルベルトがかすかに笑いかけた。

皮肉屋なのは変わらないが、牢から助けてくれたあの日以来、本当に優しくなっている。こうして笑顔を見せてくれることなんて、出会ったころには考えられなかったことだ。寝台から起きるだけでもひと月近くかかったが、ハルが長い間寝台を占領しても、アルベルトは一度もいやな顔を見せなかった。

咬み痕だらけで痛んでいた身体も、アルベルト手ずからの看病のおかげですっかり元どおりになっていた。アルベルトに手当てをさせるなんてと、最初のうちはハルも真っ青になって遠慮していたが、当のアルベルトが自分が世話をすると頑として譲らなかった。身体を拭き、着替えや食事まで面倒をみてもらい、申し訳ない反面やはり嬉しかった。

こうして元どおり歩けるようになった今も、ハルは自室には戻らずアルベルトの寝室で夜を過ごしている。

「帰りは、少し遅くなる」

「……はい」

思わず、ハルの声がわずかに沈む。

アルベルトが戻ってくるまで、屋敷にはフェリクスと使用人だけになる。もちろん、フェリクスのことが恐ろしいわけではない。その逆で、屋敷にハルがいることをフェリクスに迷惑に思われそうで、それが辛く、申し訳ないのだ。

フェリクスは、あれからハルをいないもののように扱っていた。アルベルトが許したことを知っているので、ハルが上階に戻ったことに不満を見せることはない。しかし、徹底してハルを視界に入れようとはしなかった。

フェリクスがハルを許せないのは当然だ。心を許してくれていたからこそ、今になって人の血を吸う彼らを受け入れられずにいることを裏切りだと感じるのだろう。フェリクスにはただ心苦しさばかりが募る。

そんなハルの気持ちを感じとったのか、アルベルトが慰めるように手を伸ばしてきた。

「大丈夫だ、心配するな」

「はい」

頬を撫でられ、ハルも小さく微笑んだ。

「だが、今日は部屋で過ごしたほうがいいかもしれないな。フェリクスにも来客がある。……そう気にすることもないだろうが」

アルベルトが手を引き、従者が馬車の扉を閉める。

馬車が出発する間際、ちらりと向けられたナジの視線はひどく冷たいものだった。アルベルトの手前、表立って冷たくあしらわれることはないが、屋敷のほとんどの住人はハルを許していないようだった。当然だ。

小さくなる馬車を見送りながら、ハルはそっと肩を落とす。

それから屋敷には戻らず、教会へと向かうことにした。薔薇《ばら》が盛りを迎えた南側の庭園を抜け、温室も通り越して、奥へ小走りに進む。

ハルはあれから、ふたたび教会に通うようになっていた。神父の祈りも聖歌もなく眠ってしまった友人のことを、せめて自分だけでも忘れずにいたかったからだ。

庭を囲む木立を抜けてツルバラに覆われた教会に到着する。こぢんまりと可憐《かれん》な白いツルバラが、入口上部に輝くステンドグラスにも重なって咲き誇っていた。木立の中の教会は当然ながら木陰が多く、昼間でも肌寒いくらいだ。

いつものように扉をくぐり、ひやりと澄んだ空気の中、古びた赤い絨毯《じゅうたん》の上を進む。ちょうど真ん中辺りに差しかかったころ、信じられない声がハルの名を呼んだ。

「ハル様」

忘れられるはずがない。

そして二度と会えるはずのない友人の声。

ハッとして振り返ると、そこにはトーマスの顔があった。一番後ろのベンチから身を乗りだすようにして、こちらを見つめている。

「トーマス……！」

その名を呼び、ハルは夢中でトーマスのもとに駆けていった。その腕をしっかりと握りしめる。血の流れる身体の温もりを、その手に感じた。

生きている。

トーマスが生きていた！

「よかった、どうにか逃げられたんだね！」

「それが、おれにもよくわかんないんです。ハル様に逃げるように言われて、林を走ってるとこまでは憶えてるんですけど、そこから記憶が曖昧で……。ただ、気がついたら、近くの町で眠り込んでて」

「いい、いいよ、トーマス、無理に思い出さないで」

地下での恐ろしい出来事なんて、思い出さないほうが彼のためだ。理由はわからないが、吸血の衝撃で記憶が曖昧になっているのだろう。忘れているのならば、そのほうがいい。

ふるふるとかぶりを振るハルに、トーマスがふっと顔を歪めた。

「……でも、まったくなにも憶えてないわけじゃないんです。最初は夢かとも思ったんですけど、身体のあちこちに咬まれた傷も残ってたから」

そう、と口の中で呟《つぶや》き、ハルは気を取り直してトーマスに笑いかける。

「でも本当によかった、生きていてくれて」

「そんなことはもういいんです、こうしてちゃんと会えたから。――ハル様、おれ、約束どおり、ハル様を助けにきたんですよ」

「トーマス……？」

「このまま、一緒に屋敷を出ましょう」

死に瀕《ひん》する思いまでして、それでもトーマスはハルを助けようと戻ってきてくれた。その友情にいやがうえにも胸がきつく締めつけられる。

しかし、それはできないと、ハルはしっかり告げた。

「ごめんね、トーマス。心配してくれる気持ちはすごく嬉しい。だけど、ぼくには屋敷に残る理由があるって前にも話したよね？　この屋敷でご兄弟と暮らすって、心に決めてるんだ」

「ハル様、まだそんなことを」

険しい表情でトーマスが言う。

「ハル様は騙《だま》されてるんです。こんな、吸血鬼だらけのところにいるから、あいつらに操られておかしくなってるんだ。魔物っていうのはだいたいおかしな術を使うんだって、町の人たちもそう言ってた」

「そうじゃないんだよ、本当に……」

ハルにとっての彼らは、おかしな術を使って人を惑わす魔物ではなかった。生きるために人の血を吸う。そうしなければ生きていけないから、そうするのだ。もちろん、すべてを納得できているわけではない。それでも彼らと過ごすことを決めたからには、そう心の内にのみ込むしかなかった。

しかしそれをどう言えばいいのだろうか。普通の人間として生きるトーマスに理解してもらえるとは思えない。口を噤《つぐ》んでしまったハルに、トーマスが声をひそめて告げた。

「とにかく、今のうちに逃げておかないと、このまま屋敷にいたらハル様まで巻き添えをくっちまいます。人間も吸血鬼も、見た目じゃわからないから」

続く言葉に、ギクリと背筋が冷たくなる。

「巻き添えって……、どういうこと、トーマス」

「今夜、町の人たちでこの屋敷を焼き討ちするんです」

「……嘘」

「嘘なもんか。今だって、町の男たちがここを攻める準備をしてるはずです。ここでなにがあったか、ぜんぶ話しましたよ。恐ろしい吸血鬼たちをやっつけるんだって、みんな本気です」

恐ろしい言葉に、心臓が止まるかと思った。

——焼き討ち？　今夜、この屋敷が⁉

「なんて恐ろしいことを！」

「なにが恐ろしいんです！　人を餌にする吸血鬼を、このままのさばらせておけるわけないでしょう！　こっちの命がかかってるんだ」

「だけど、この屋敷のみんなだって、生きるためにしかたなく……」

「じゃあ、ハル様はあいつらが人間を食うことを、しかたないっていうんですか？」

「違うよ！　違うけど、彼らだって、そうしないと生きられないから」

トーマスは信じられないというように、息をのんだ。少し考えるようにして、まっすぐにハルを見据える。

「吸血鬼が生きるために人を食うっていうんなら、人間だって生きるために吸血鬼を殺さなきゃならない。そして、おれたちは人間です。違いますか？」

わからない、とハルはたまらず顔をくしゃくしゃにする。

「ハル様！」

「でも、たぶん間違いじゃないんだ、どっちも……！」

言い終わるのと同時にトーマスの手を振りはらい、ハルは脇目も振らずに引き返した。驚くトーマスにも構わず、教会を飛びだして走り出す。

「ハル様！」

血相を変えて駆けだしたハルに、トーマスが必死な顔で呼びかける。しかしハルは振り返らず、夢中で館を目指した。館に近づくのは危険だとわかっているからか、トーマスはその場で躊躇《ちゅうちょ》している。

そう、どちらも間違いじゃない。

だから自分は、兄弟を選ぶ。

牢の中でアルベルトに言われた言葉が脳裏に蘇った。人間たちに攻められ、狩られた同種がどれほどいたことかと、確かにそう話していた。今、屋敷にいるフェリクスや使用人の命が危険なのだ。それにアルベルトとナジだって、遅くなるとは言っていたけれどいつ戻ってくるかわからない。

(早く伝えないと、屋敷のみんなが殺されてしまう！)

この災厄を招いてしまった原因はハルにあった。友人を助けたい一心だったけれど、そんなことは言い訳にもならない。

必死に走るハルの背中を、トーマスの悲痛な叫び声が追いかけてきた。

「戻ってきて、ハル様！　屋敷は本当に危ないんだ！」

それでもハルは振りきって、館を目指して走りつづけた。


書斎の窓から直接館に駆け込み、ハルはフェリクスを探した。

今夜の焼き討ちのことをフェリクスに伝えなくてはと、館中を走りまわる。大広間や広間、応接室や回廊にも彼の姿はなかった。通りがかりに覗いた温室にも人の気配はない。外出した様子はないので、屋敷のどこかにいるはずだけれど。

焼き討ちのことを吸血鬼たちに伝えるということは、襲いにやってくる町の人間たちの身を危険に晒すということだ。それでもハルは、アルベルトに救われたあの夜、この屋敷の人たちと共に生きると決めていた。

もう引き返すことなどできない。

（フェリクス様、どこに）

今に限って、屋敷に大勢いる使用人とひとりもすれ違わない。誰かにフェリクスの居所を訊いたほうが早いかとも考えるが、ベルを鳴らして人が来るのを黙って待つ気にはとてもなれなかった。……フェリクスはきっと、ハルの姿を見たくはないはずだ。そうも感じて心が萎えそうになるが、今はそんなことを考えている場合ではない。

来客に使う部屋はあらかた探し終え、撞球室《ビリヤード・ルーム》に向かう。

ノックも忘れて扉を開けると、むっと煙草《たばこ》の煙がハルの鼻先を掠めた。

「おや、これは珍しい」

「可愛《かわい》い兎《うさぎ》が、うっかり狩人の小屋に迷い込んでしまったのかな」

聞き慣れない男たちのからかうような声に、ハルはぎくりと身をすくませる。室内には、男が四人――その中にフェリクスもいた。キューを手にして、撞球台に凭れるようにして立っている。

気やすい集まりなのか、皆がラウンジスーツといった気軽な服装に身を包んでいた。例外なく皆みとれるほどに美しい。吸血鬼に外見や年齢は関係ないと聞いているが、一見すると同年代の若い友人同士といった雰囲気だった。撞球台で玉を突いたり煙草の煙をくゆらせたり、皆が思い思いに過ごしている。

ふっと、フェリクスの碧い目がハルの姿を捉えた。

しかしその目を不快げに細めるだけで、声をかけてはくれない。今さら傷つくことではないと知りながらも、やはり慣れることはなかった。

「突然申し訳ありません、あの……」

身を刺すようないたたまれなさに気圧《けお》されながら、ハルはどうにか口を開く。けれど続けようとした言葉は、男たちの声で遮られてしまった。

「もしかして、彼がフェリクスのディナーかな」

「そういえば、フェリクスたち兄弟がおもしろい遊びに興じていると、うちのメイドたちが噂《うわさ》をしていたな」

「ああ、うちでも聞いた」

彼らはハルを眺めて楽しげに笑う。

「なんでも、ディナー用に、風変わりな兎を飼っているとか」

「狩りの獲物には退屈だが、愛《め》でて嚙《かじ》るにはちょうどいいか」

値踏みするような複数の目に、ハルの背筋がゾクリと震える。今すぐにでも引き返したいとくじけそうになる心を、ハルはどうにか叱咤《しった》した。彼らの言うようにたとえこの場が狩人の小屋でも、今は怯えて丸くなっている場合ではない。

「……フェリクス様」

名前を呼ぶが答えてもらえない。

「あ、あの、フェリクス様」

ハルはもう一度、今度はできるだけはっきりした調子で呼びかけた。

「急いでお伝えしたいことが――」

「見てわからないかな。僕には今、来客があるんだけれど」

苛立ちを抑えたようなフェリクスの口調に、ハルはたまらず言葉をのみ込む。

「それにも構わず、アルの不在の穴を僕に埋めさせようと？」

「……っ」

「兄の気をうまく引けたものだから、ずいぶん気が大きくなっているようだね」

「ち、違います、ぼくは……」

突き放すような目線を向けられると、どうしても心がくじける。久しぶりの会話の刺々《とげとげ》しさに、フェリクスの怒りの大きさを実感した。ハルを蔑むような態度を取るフェリクスではなかったのに。こうさせてしまったのはハルなのだ。

そんなふたりのやりとりを、周囲は興味深そうに眺めていた。

フェリクスのかたわらで玉を突いていた男が、愉快そうにその上体を起こす。

「なあ、フェリクス、俺たちにもひと口囓らせてくれよ」

「それはいい。おまえたちが飼うくらいだから、よほどの血なのだろうし」

男たちの提案に、場の空気が濃度を増したように感じた。——囓る、という言葉に、牢での出来事をいやでも思いだしてしまう。たまらず震えて後退るハルに、フェリクスは苦々しげな表情を浮かべていた。なぜか、その目の色が深くなる。

「フェ、フェリクス様……」

縋るような思いでその名を口にするが、フェリクスは軽く息を吐き、振りきるように顔を背けてしまった。ハルには見向きもせず、友人たちへと鮮やかな笑顔を向ける。

「囓るのもいいけれど、それだけでは退屈じゃないかな」

にっこりと余裕めいた笑みを浮かべて、フェリクスは続けた。

「この子にはもっと、おもしろい遊び方があるんだ」

「——んっ、ん、う……！」

とくりと、滲むようにわずかな精がハルの下肢からこぼれ落ちた。

立てつづけの射精に、喘《あえ》ぐ声も掠れている。何度達したかなんて憶えていなかった。疲弊した肌を這《は》う湿った複数の手の感触に、ざわりとハルの身体が総毛立つ。

広間から地下にある石造りの小部屋に連れられて、もうどれくらい経つのだろうか。地下牢のさらに奥にこの部屋はあった。マントルピースには日本趣味の陶器や人形が飾られ、全体的に妖艶なしつらえとなっている。部屋中に焚《た》きしめられた香や葉巻の煙が、地下の異臭を隠していた。壁や天井に鎖の打ちつけられた、異様な空間だ。

灯りは壁に設置されたオイルランプと暖炉の火だけだった。

換気の悪い部屋の中には、オイルランプの香りと吸血鬼たちの熱気、そしてむせかえるような精の臭いが立ちこめていた。

ハルの胸の肉粒、脇腹、そして両足の間で勃ち上がる濡れきった下肢を、三人の吸血鬼たちがいっせいに攻め立ててくる。

「ふ、ん、んぅ、っ」

たまらず身を捩《よじ》るが、天井から吊《つ》られた腕が軋んで痛むだけで、逃げることなどできない。厚い革製の手枷《てかせ》で両手の自由を奪われ、ようやく爪先が地面に着くほどの高さから吊《つる》されているのだ。

こぼしつづけた蜜が、ハルの下肢から足にかけて、だらしなく垂れている。口元には細長い銀の口枷をかまされ、嬌声《きょうせい》以外の声を上げることは不可能だった。男たちの手に弄ばれるたび、ハルの華奢《きゃしゃ》な身体が頼りなく揺れる。

身体には薄く透けた錦紗《きんしゃ》のガウンを一枚羽織っただけで、かえって身体の線を淫らに見せていた。幾度目かの射精に気をやるハルにとって、東洋の衣装を模してつくったものだというフェリクスの言葉も意味を成さない。

フェリクスは男たちに弄ばれるハルの痴態を、正面の椅子にかけて見つめていた。

笑っているが、その目の奥がどこか冷たい。

「着物というんだ。しばらく前に、君のためにと仕立てさせていたんだよ。この悪趣味な部屋は、以前の主人の好みのようだけれどね。どちらも使う機会を逸していたから、今日はちょうどよかったかもしれない」

たまらず顔を背けるハルの首筋を、脇に立つ男がねっとりと舐《な》め上げた。

「――――っん」

「味は思ったほどではなかったけど、これはフェリクスが飼うのもわかるな」

「ああ、敏感で反応がいい。肌の感触も」

「っ、うぅ…！」

むにむにと絞り上げるように性器を揉《も》まれ、びくりとハルの腰が跳ねる。

一緒に両方の乳首をきつく抓《つね》られ、自分の身体がどちらに反応しているのかさえわからなか

った。それぞれが好きに嬲《なぶ》るので、愛撫《あいぶ》の強さもタイミングもまとまりがなく、予測がつかない。

加減を知らない吸血鬼たちにあちこちを咬まれ、腕や背中、太股《ふともも》にも、いくつもの咬み痕がついていた。それでもやはり痛みはない。咬まれるほどに快感が増し、ハルの意識を濡れた悦びで染めていた。

「——ふぅ、っん！」

突然、背後に立つ男が、ハルの後孔に一気に指を突き立ててきた。

同時に別のひとりに片足を大きく持ち上げられ、太股の黒子《ほくろ》を咬まれる。たまらず、ハルの目に涙が滲んだ。やめて、咬まないで。そこは、フェリクスが好きだと言ってくれた場所だ。可愛いと言ってくれた場所なのだ。……それももう、昔の話だけれど。

「う、んう、っう、う——……！」

吸血されながら、違う男に手荒く媚肉をかき混ぜられる。ぐちゅぐちゅと響くいやらしい音に、ハルはたまらず小さくしゃくり上げた。

——彼らが自分に触っているのは、フェリクスが許可したからだ。

これも兄弟の意思なら、ハルは受け入れなくてはならない。……そうわかっているのに、なぜか胸の辺りには重い不快感が渦巻いていた。この身体に触れるのが兄弟の手でないことが、いやでいやでたまらない。

触らないで。今すぐ離れてほしい。……それなのに、気持ちがいいなんて。

戸惑う心に反して、ハルの身体は彼らにたっぷりと送り込まれた唾液のせいでぐずぐずに溶けきっていた。そのあまりの量に、最初のうちは背筋をひと撫でされただけで射精してしまったほどだ。

気持ちと身体がちぐはぐで、おかしくなってしまいそうになる。

「はは、いい反応だ」

「散々出しておいて、まだ感じるのか。見ろよ、まだ先からあふれてきてる」

「人間の中でも、特に淫乱なんだな」

代わる代わるの嘲笑の声に、ハルは顔を真っ赤にして目をつむった。

——こんなことをしている場合じゃない。彼らを襲いに、今にも人間たちがこの屋敷にやってくるのに……！

伝えなければ。逃げ損ねてしまったら、屋敷にいる吸血鬼たちがどうなるかわからない。こうして好きにされるばかりで苦しいけれど、それでも彼らを見殺しにすることはできない。なによりも、このままではフェリクスに危険が及んでしまう。アルベルトだっていつ屋敷に戻るかわからない。

ハルは焦り、どうにかフェリクスを見つめる。フェリクスは、三人に嬲られるハルの姿を真顔のままで眺めていた。いつもの優しげな表情はどこにもなく、口数も少ない。

それでも口枷をかんだまま、ハルは懸命に危険を訴えた。

「…う、うぅ、へ、…んう、う……」

「どうしたの？　反抗するなんて、めずらしい」

「いあ、い、…あ……！」

当然ながら言葉にはならず、ハルの必死の訴えはフェリクスに届かない。

今になって抵抗らしい動きを見せるハルに、吸血鬼のひとりが笑いながら言った。

「フェリクス、どうやら俺たちだけでは物足りないようだぞ」

「兎はご主人様をご所望のようだ」

からかうような吸血鬼たちの会話に、フェリクスが小さく眉をよせる。そんなフェリクスの反応に、ハルの目から大粒の涙がこぼれた。

――フェリクスはもう、自分になど触れたくないのだ。

ハルはみずからの過去をひどく悔やむ。ただひとりの友人を助けたかった。それでも、フェリクスを裏切ったのは事実だ。見捨てられてしまってもしかたがない……。

「…っふ、う、う……」

こぼれはじめた涙は止まることがなく、次々にハルの頬を濡らす。

そんなハルを、フェリクスはしばらく無言のままで見つめていた。こんな泣き顔も迷惑に思われているに違いない。けれど胸の奥から湧き起こる悲しみを、とてもこらえることができなかった。胸がきゅうきゅうと引きつけて、涙に変わる。

友人たちの煽《あお》りに負けてか、フェリクスが椅子を立ち、こちらに足を踏みだした。一歩、二歩……。その手には杖《つえ》が握られている。柄の部分が銀で装飾された細身のものだった。

フェリクスはハルの前に立つ友人を下がらせ、間近な距離でハルを見下ろす。

「こんなにしてもらっても足りないなんて、ハルは本当に貪欲だね」

違う。そうじゃない。ハルは頼りなくかぶりを振る。

はらはらとあふれつづける涙を、フェリクスがその舌で舐めとった。久しぶりのフェリクスの温もりに、ハルの胸がじわりと反応を示す。

フェリクスは友人にハルの中から指を抜かせ、みずからハルの片足を持ち上げた。露わになった蕾《つぼみ》に、手にした杖の先を当てる。

「――っつ！」

「貪欲な君がこんなものでも悦べるのか、試してみようか？」

うっすらと笑んでそう言うと、フェリクスがグッと杖をハルの中に押し入れてきた。

「ふっ、ん――……っ！」

温もりのないひやりとした異物に、ハルの下腹部が引きつる。腰がわななないた。ごつごつとした銀の柄の部分が、身体の内側を容赦なく抉《えぐ》っていく。硬質な銀が体内を穿《うが》っていく冷たさに、ハルは全身を震わせた。

「っ、う、んうっ」

杖どころか、温もりのないものを中に受け入れること自体初めてで、ハルはたまらず怯えてしまう。太さ自体はフェリクスやアルベルトの雄よりもひとまわり小さいけれど、杖は硬い。内側が裂けてしまうのではないかと、ハルの目に涙が浮かんだ。

そんなハルの不安をあざ笑うかのように、この身体はすんなりと杖を受け入れた。

奥をグッとひと突きされ、持ち上げられたハルの足がビクリと震える。

「んっ、う……！」

「ずいぶんと簡単にのみ込んだね。それにほら、入口をこんなにヒクヒクさせて……。こんな杖にも悦べるなんて、なんて簡単な身体だ」

フェリクスは満足そうに微笑み、手にした杖をゆるゆると上下させた。柄の装飾の出っ張りが媚肉に擦れ、ハルの息を熱くさせる。

「…んっ、ん、…んぅ、っ！」

「それとも、僕たちよりも、この杖のほうが好きなのかな」

違う、杖なんかよりもフェリクスがいい。アルベルトがいい。兄弟のどちらかでなければ、心の中が寒くなる。

必死にかぶりを振るハルに、フェリクスがフッと目を細めた。

「ねえ、ハル。……昔話をしてあげる」

フェリクスが優しく告げる。

穏やかなその眼差しは、まるで以前のフェリクスのようだった。ハルを大切にしてくれて、オーロラを見にいこうと約束してくれた、あの日と同じ眼差しだ。

「僕もアルもまだ子供で、アンダイエにあった屋敷に母様と三人で住んでいたころの話だよ。もう三百年は昔の話になるのかな」

――三百年。

途方もないその年月に、ハルは彼らが人でないということを改めて実感した。しかし繰り返される杖の抽挿に意識が掠れ、フェリクスの言葉はぼんやりとしか耳に届かない。

「……っ、ふ、う」

「僕たちの母様は明るく洒脱《しゅだつ》な方でね、いつも多くの仲間たちに囲まれて笑っているような方だった。仲間だけでなく、人間のことも愛しておられて――正確には、人間が生みだす芸術がお好きだったんだけれど。音楽も絵も建築も、なんにでも興味がおありだったようだ」

ハルは涙の滲んだ目でフェリクスを見上げる。

「才能豊かな芸術家を屋敷に住まわせたり、楽器の工房を支援なさったり。いつもお忙しそうにされていた。毎晩のようにパーティーを主催してね」

だけど、とフェリクスの瞳の奥が昏《くら》くなる。

「そうして人間の世界に深入りしすぎたのが仇《あだ》となったんだ」

「…うっ」

「屋敷に住まわせて援助していた絵描きがひとり、教会に駆け込んだのさ。――あの屋敷には吸血鬼がいるとね」

ひときわ激しく突き上げられ、ハルの腰がビクビクと震える。

「ん――っ、う！」

「だけど、あいつは僕たちの正体をずっと知っていたんだよ？　知りながら何年も援助を受けていたくせに、名が売れて母様の庇護が必要なくなったとたんてのひらを返した。……それからは、本当にあっという間だった。僕とアルはナジに連れられてどうにか逃げ出せたけれど、母様は」

わずかに言い淀み、続ける。

「神の名の下に、人間たちに焼き殺されてしまった」

「……っ」

「聖なる火は魔なるものを浄化するのだそうだよ。せめて杭《くい》で胸を貫けば、ひと思いに旅立てたろうに。母様はなかなか死ねずに長い時間苦しんでいらした。……いっそこの手で楽にしてあげたかったよ。僕たちの身体は人に比べてずっと丈夫だから、煙を吸っても、皮膚が爛《ただ》れて骨が見えるほど身を焼かれても、それでも意識も失えず」

（もしかして、お母様が焼かれるところを、フェリクス様たちは……）

見てしまったのだろうか。その目で、母親が苦しみ悶《もだ》えて死んでいく様を――

杖に激しく犯されながら、ハルは必死にフェリクスの言葉を捉える。快感に燃える身体の奥底で、冷たい刃に抉られたような痛みを感じた。

「あれ以来、元々気難しかったアルはますます偏屈になってしまった。善良な顔をしながら、平気でそんなことができる生き物の血なんて、自分の中に取り入れたくないんだそうだよ。彼は潔癖症でロマンチストなんだ」

フェリクスはくすりと笑い、ハルに告げる。

「でも、僕は違う。だって、人間が僕たちを殺そうとすることはしかたがないことだと、ちゃんとわかっているからね。――そうだろう？　なぜなら、僕たちだって彼らの命を奪うんだ。お互い様だ」

「んっ、ん、…んう……！」

責め苦のような悦楽に、ハルは切れ切れに喘ぐことしかできない。震えるたびに枷が手首に食い込んで、激しく痛む。

「だけど、母様の温情を裏切ったあの絵描きはべつだ。あいつだけは絶対に許さない」

フェリクスの顔から微笑みが消える。

「そして君も、僕たちを裏切った」

「ん――……っ！」

言うのと同時に一気に杖を引き抜かれ、ハルは卒倒しそうになる。

「っう」

しかし吊された身体はその場にくずおれることもできず、つんざくような鎖の音が響くだけだった。みずからの身体の重さにハルの手首がギシリといやな悲鳴を上げる。

フェリクスは杖を捨て、ぱくつくハルの蕾にみずからの凶器を押しつけた。そのまま食い尽くすような勢いで、蠢《うごめ》く媚肉を割り裂く。

容赦なく穿たれる灼熱《しゃくねつ》に、ハルの身体が沸騰しそうだ。内から食い尽くされて、どろどろに溶けてしまう——。

「ふ、う、んぅ…、っん———!」

「人間なんかを……、君を信じた、僕が愚かだった」

遠のいていく意識の中で、苦しげな声を聞いた気がした。

8

「なぜ、今さら僕に関わろうとするんだ」

手枷を解かれ、倒れそうになる身体をフェリクスに支えられる。鬱血や吸血の痕が花びらのように肌のあちこちに散り、腹や足には乾ききった白濁がこびりついていた。羽織っていた着物も同じありさまで、もう使い物にはならないだろう。

次いで口枷も外され、ハルは思いきり息を吐いた。ひとりで立つ力は残っておらず、床の上にふらりとへたり込む。

フェリクスはぐしゃぐしゃに汚れたハルの着物を脱がせ、自分の上着をかぶせた。

いつの間にかフェリクスの友人たちも帰ってしまったようだ。しばらく地下に吊されたままで放置されていたので、そんなことにも気がつかなかった。

あれから吊られたままで何度も抱かれ、ようやく手が自由になった今も、身体中が軋んでたまらない。ただ、激しい行為の中でも、フェリクス以外の人に最後まで奪われることだけはなかった。一度抱いたあとは、フェリクスがハルを放さなかったからだ。フェリクスは今と変わらず始終苛立った様子で、怒りのやり場をなくしているように見えた。

「……僕に関わらなければ、アルベルトに守ってもらえて、こんな目にも遭わずに済むというのに」

フェリクスもその場に膝をつき、ハルの上着の釦《ボタン》を留めながら独り言のように言う。なぜか、今のフェリクスは迷子になった子供のように頼りなくハルの目に映った。元から白く美しい顔がいっそう蒼白《そうはく》となっている。

思わずその顔に手を伸ばしそうになるが、ハルはそれをこらえる。ハルには触られたくないと、今のフェリクスはそう思っているはずだ。これ以上不快な思いはさせたくなかった。

腕を伸ばす代わりに、ハルは力の入らない唇を震わせてフェリクスに告げる。

「今夜、屋敷が襲撃されます」

「——襲撃？」

「町の人間たちが、襲ってくるんです。それを、お伝えしたくて」

ハルは昼間にトーマスから聞いたことをすべて伝える。付近の町の人間たちが屋敷を襲い、焼き討ちにすると言っていた。話を聞いてからだいぶ時間が経ってしまったはずだ。もう一刻の猶予もない。

「お願いです、どうか、屋敷のみんなにも伝えてください。すぐにでも逃げないと、取り返しのつかないことになるかもしれません……」

きゅっと、ハルは脱力した手で羽織らされたフェリクスの上着を握りしめる。フェリクスは動揺に碧い目を大きく揺らして、ハルに訊いた。

「どうして君がそんなことを知っているんだ？　……やはり、今も人間と繋がっているということなのか？」

フェリクスの疑いが、ハルの胸を鋭く突き刺す。けれどなにを言っても信じてもらえる気がせず、ハルはただ黙ってかぶりを振った。

人間の裏切りによって母親を無残な方法で殺されたという兄弟の過去を知った後で、言葉でどうこの身の潔白を訴えればいいのか、ハルにはわからなかった。

フェリクスとアルベルトの過去を思うと、胸が張り裂けそうだった。どれほどその心を痛めたのだろうか。裏切りを憎むフェリクスの気持ちが哀しくて、ハルはなにも言えなかった。自分と同じ人間が彼らの母親を奪い、そのうえ、今にもこの屋敷を襲おうとしているのだ。

そしてトーマスが関わっている以上、襲撃の原因は自分にある。

「ハル、君は……」

苦しげに眉をよせて、フェリクスがハルの痩せた頬に触れたそのとき、地上からなにかが弾けるような音が聞こえた。それからガラスの割れる音、無数の怒鳴り声、――そして悲鳴が。

「なんてことだ……」

天井を仰ぎ、フェリクスが端整な顔をきつく歪める。

――人間たちの襲撃が始まってしまった。

ハルは真剣な顔でフェリクスに告げた。

「逃げてください、……こうなったら、フェリクス様だけでも、早く」

使用人たちを助けようにも、今から上階に上がっては危険だ。この地下だって、いくら隠し扉の奥にあるとはいっても安全とは限らない。トーマスの言っていたように屋敷に火を放たれてしまったら最後だ。

人間が一方的に屋敷に雪崩《なだ》れ込んでいるのか、それとも返り討ちにしているのか、状況がまったくわからなかった。ただ、刻々と怒声が大きくなっている。分厚い天井で遮られたこの地下にまで騒動の激しさが伝わってくるほどだ。

フェリクスは一瞬無言でハルを見つめるが、すぐに立ち上がってひとりで出口へと向かった。地下に置いていかれるのだとわかって、ほんの少し、喉の奥がつきりとする。

だけどそれでいいのだ。今のハルは疲弊しきっていて満足に歩くこともできない。ついていっては、フェリクスの邪魔になるだけだろう。

(どうか、ご無事で)

声をかけてはフェリクスの心を乱してしまいそうで、ハルは胸の中だけで呟く。

しかし部屋を出る間際、扉の前でフェリクスが立ち止まった。声にしてしまっただろうかと慌てて口を押さえるハルを、苦しげな顔でフェリクスが振り返る。

「……くそっ」

優雅な彼らしくない大きな舌打ちとともに、フェリクスがこちらに引き返してきた。そしてその腕でハルの身体を横抱きにする。

あっさりと抱えられ、ハルは慌てて訴えた。

「いけません！　ぼくが一緒では足手まといです、フェリクス様だけで……」

「それができるなら、そうしたさ！」

だけどできないんだと唇をかみ、フェリクスはハルを抱いて通路へと足を進めた。

「君は僕たちを裏切った！　この襲撃にだって関わっているかもしれない！　……それなのに、どうしてなんだ」

「フェリクス様……」

フェリクスの邪魔になることが苦しい。自分のせいで万が一のことがあったらと思うと気が気ではなかった。それなのに、自分でもどうにもできないと言ってハルを抱き上げるその腕の逞《たくま》しさに、たまらなく胸が震えた。

ハルを抱えたまま、フェリクスは大階段の扉とは逆方向へと進む。

どこまでも続くように見えた地下の通路にも果てがあり、ハルの胸ほどの高さしかない正方形の鉄扉に行き着いた。フェリクスはハルを通路に下ろし、内側に掛かっている閂を外す。音を立てないよう、慎重に鉄扉を開けた。

地下通路の出口は、館の裏手にある離れと繋がっているようだった。飲む人間がいないので棚はほとんど空だが、ワインセラーらしい。

人の気配に注意を払いながらセラーの扉を開ける。まだ離れまでは人の手に落ちてはいないようだ。しかしふと、なにかが焦げるような臭いがどこからか流れてきた。上階に繋がる短い階段を上るほど、その臭いが強くなる。

フェリクスがぎゅっと眉をよせた。

「……屋敷に火をつけたか、下種め」

燃えているのは館のほうで、こちらにはまだ火が届いていない。それでも早く離れるに越したことはないだろう。フェリクスはふたたびハルを抱えて外に続く出口に向かった。しかし、ドタドタと近づく足音に気づき、ハッとして立ち止まった。足音から察するに、ひとりやふたりではなさそうだ。

完全に屋敷が包囲されるまで、そう時間がないのかもしれない。フェリクスは自分を落ち着かせるように深呼吸をし、ハルに告げた。

「地下に戻るしかない」

「ですが、戻っても火が……」

火の手の上がる館の中へ引き返すか、人間たちの間を抜けるか。どちらを選んでも危険が大きすぎる。フェリクスひとりならいいけれど、ハルを抱えたまま大勢の人間の中を突っ切るのは難しいだろう。

ハルは身震いをどうにかこらえて、フェリクスの顔を見上げた。

「ここからは、フェリクス様おひとりでお逃げください」

「なにを馬鹿なことを」

「ばらけたほうが、案外うまく逃げられるかもしれません。ぼくは人間ですし……、それに、地下に戻って隠れていれば、大丈夫だと思います」

「君がそう言うのなら、僕も戻ろう。ふたりで隠れていればいいのだろう？」

「だめです！　フェリクス様はここを離れて……」

切羽詰まって、思わず声を荒らげてしまった。

「――おい、中に誰かいるぞ！」

壁の向こうで男が叫ぶ。しまったと、慌てててのひらで口を覆うがもう遅かった。男の声に、人の気配が増えていく。

「吸血鬼なのか？」

「おそらくな、話し声がしたから複数いやがる」

殺気立った雰囲気に、たまらずハルは震え上がる。このままでは、フェリクスも逃げられない。こんなに大事なときに大声を出してしまうなんて。息をころして震えるハルを下ろして、フェリクスはその背に隠した。

そして部屋の隅に立てかけてあった傘を手に取り、かすかな苦笑を浮かべる。窮地に立っているというのに、どこか余裕めいた表情に不思議と怯えが引いていった。

「これひとつでどこまでできるのかな」

「フェリクス様……」

「まあ、四、五人程度ならどうということはないさ」

そう言ってフェリクスが身構えたそのとき、壁の向こうから突然悲鳴が聞こえた。もみ合い、打ち合う気配が起こるがすぐに収まり、周囲がシンと静まり返る。

数秒ののち、離れにある唯一の扉が外側から開かれた。扉が開いたことで外の様子がわかり、ハルはそこで初めて、すでに夜が更けていることを知った。異様に赤く大きな満月が、闇夜の中で煌々《こうこう》と輝いている。

「こちら側に来てみて正解だったな。館ではおまえたちの姿を見なかったから、もしかしたら地下を通っているのではないかと考えたのだが」

「――アルベルト様！」

そこにはアルベルトの姿があった。いつロンドンから屋敷に戻ったのだろう。帽子も上着もなく、赤黒く汚れたシャツの袖を捲《まく》り上げていた。後ろに撫でつけた髪も、わずかに乱れている。出発時のぴしりと着込んでいた姿が嘘のようだ。

アルベルトが不快そうに顔を歪め、口の中の血を吐き捨てる。相手の数を減らすため、男たちの血を吸ったのかもしれない。

しかしハルの姿を認めた瞬間、アルベルトの瞳が一瞬で憤怒《ふんぬ》に燃えた。

「フェリクス…っ、いったいどういう状況なんだ、これは！」

そう言うなり、アルベルトがフェリクスの頬を殴りとばす。ガッと鈍い音を立て、フェリクスが背中から部屋の片隅に積まれた木箱に倒れ込んだ。

フェリクスの上着だけを羽織って靴も履かないハルの様子が、尋常ではないと感じたのだろう。たしかに、上着の他にはシャツも下着も身につけず、足先は煤《すす》で黒く汚れていた。腕には手枷の痕がくっきりと残り、剝《む》きだしの足には乾いた精がこびりついている。

めずらしく怒気を露わにするアルベルトを、フェリクスが挑戦的な目で見上げた。殴られて口元に滲む血を、手の甲で乱暴に拭う。

「……アルに殴られる憶えなんてないはずだけどね。この子はもともと、僕たちふたりのものだろう」

「フェリクス、貴様……！」

ギリッと、アルベルトが牙を剝く。

「私はそういうことを言っているのではない！」

ふたたび、アルベルトが怒りに震える拳を高く振り上げる。ハルは我を忘れて、兄弟の間に割って入った。フェリクスを庇《かば》うようにして、アルベルトの前で細い両腕をいっぱいに広げて止める。

「待ってくださいっ」

「ハル、なぜ止める！」

「ぼくは大丈夫です、……大丈夫ですから、どうか、ご兄弟で喧嘩《けんか》なんてやめてください。暴力なんて、やめてください……！」

ハルは必死になってふたりに訴えた。屋敷が人間の手に落ちようとしている今、仲違《なかたが》いをしている場合ではない。

それにアルベルトとフェリクスが罵り合うところなんて見たくなかった。ハルにとっては兄弟ふたり、どちらも同じだけ大切なのだ。そんなふたりが殴り合いをするなんて、胸が引き裂かれそうに苦しかった。

「お願いです、どうか」

身体を張って必死に訴えるハルに、アルベルトがその拳を震わせながらもゆっくりと下ろした。血が滲むほど強く握りしめた拳を開き、小さく息を吐いてフェリクスの腕をつかんで引き起こす。

身体についた埃《ほこり》を払いながら、フェリクスがハルに碧い目を向けた。なにを口にするわけでもないが、その眼差しがどこか痛々しい。

「……とにかく、話の続きは後だ。今はここを抜け出さなければ」

アルベルトは乱れた髪を後ろに手で流し、林のほうを振り返った。

館が燃えている。フェリクスに抱かれて逃げながら、ハルはその肩越しに真っ赤に染まった夜空を見た。火の粉が高く舞い上がり、風まで焦がしているようだった。からからに乾いた風に煽られ、炎の勢いは増すばかりだ。

「館が……」

ハルは呆然《ぼうぜん》と呟く。

ロンドンでの辛い日々から救いだされ、ハルに生きる意味を与えてくれた場所。兄弟に愛された思い出も、悩み苦しんだ痛みも、彼らのもとで生きる決意も、すべてが詰まっている場所だった。それが業火の中、灰に帰ろうとしている。

フェリクスがちらりと館を振り返り、アルベルトに尋ねた。

「よくあの混乱の中で無事に離れまで辿り着けたね」

「私たちが屋敷に戻るほうが、人間たちが攻めてくるよりも少し早かったからな」

多少は動けたと、アルベルトが言う。

「最初はナジと二手に分かれて屋敷の者たちを誘導していた。だが、半分も逃がしてやれたかどうか……。屋敷の中は悲惨なものだ。それに、火を放たれてからは、結局散り散りになってしまった」

人間の数が多すぎる、と険しく眉をよせた。

「みんな、生きているでしょうか」

「わからない」

アルベルトが短く告げる。

「ここまで人間の手が回っては、とにかく屋敷から離れるしか生きる方法はない。僕《しもべ》たちも、私たちもな」

「そうですね……」

ぎゅっと、ハルはフェリクスの肩にしがみついた。

目指す場所なんてなく、三人はただひたすら屋敷から離れるため足を動かす。屋敷を離れ、その先はいったいどこに向かうのか。ほんの少し先の未来も、今のハルたちにはあまりに遠く不確実なものだ。

兄弟とともに逃げながら、ハルははっきり恐怖を自覚していた。死ぬことへの恐怖。生きることへの執着、希求だ。アルベルトとフェリクス、ふたりがそばにいることで、ハルは自分がこれほど切実に生きたいと願えるのだと知る。

唐突に木立が終わり、三人の視界が開けた。

「ここは……」

ツルバラに覆われた小さな石造りの建物が現れる。——教会だ。

アルベルトとフェリクスが、思わずというふうに立ち止まった。三人のうち誰も教会を目指したわけではない。ただの偶然だ。だがその偶然に、ハルの心が激しく揺さぶられた。見えない存在の導きを、感じずにはいられない。

「――ハル様をこっちによこせ」

ふいに、木立の中から少年の硬い声がした。

「トーマス！」

木立の中から踏みだしてきたトーマスが、きつくこちらを睨《にら》みつけている。その手には小さな銃が握られていた。

「銃なんて、どうして……」

簡単に手にできるものではない。しかしハルの質問にも、トーマスは答えなかった。ハルを抱えているフェリクスに向けるのは危険だと判断したのか、銃口はアルベルトに向けられている。トーマスの燃えるような目も、同じだ。

銃を構えて小刻みに震えるトーマスに、フェリクスが冷たく言う。

「君のような子供に使えるとは思えないけれど」

「うるさい！」

「それと、銃を向けるなら彼ではなくこちらにしてくれ。……君を逃がしたのは僕の過ちだ」

肩をすくめてそう言うと、フェリクスはハルの身体を地面に下ろした。よろけるハルを、アルベルトが受け止める。

「記憶は消したつもりだったんだけど、どうやら失敗していたらしいね」

「それじゃ、フェリクス様がトーマスを……？」

ハルは呆然とフェリクスを見た。フェリクスは苦笑を浮かべてハルを見下ろす。

「我ながら腹立たしいことだけど、僕は君には甘いんだ。一度は捨てようと決めたのに……、アルベルトが君を牢から出さなければ、きっと僕が出してた」

「フェリクス様」

じわりと、ハルの目元が熱くなる。見捨てられたと思っていたのに、フェリクスも自分のことをずっと気にかけてくれていたなんて。

「ハル様、早くこっちにっ」

弾けるようなトーマスの叫びに、ハルはハッと目線を向ける。銃口はフェリクスへと移っていた。トーマスは銃を構え、硬直したようになっている。

「トーマス！　わかって、お願いだから、どうかぼくたちを見逃して！」

銃を下ろしてと、ハルは必死に訴える。

「ぼくは、この人たちと一緒に生きたいんだ」

「いやだ！　ここで行かせちまったら、ハル様はずっとそいつらの餌になるんだろ!?　そんなの絶対にだめだ。助けるって、──今度こそ助けるって、決めたんだ！」

ほとんど泣いているような顔で、トーマスが銃の引き金に指をかけた。

「ぜんぶ、おまえたちのせいだ……！」

そんなトーマスの叫び声を、乾いた銃声がかき消す。鳥たちが燃えるような赤い夜空に一斉に飛び立ち、木々が激しく蠢いた。なんで、と真っ青な顔で震えるトーマスの手から、銃がどさりと地面に落ちる。

「ハル！」

フェリクスが叫び、くずおれるハルの身体を抱きとめた。――その腕からは、赤黒い血がだくだくと流れている。腕が熱い。焼けつくようだ。肉を貫かれる未知の痛みに、全身に一気に汗が浮かぶ。

「……っ！」

ハルを抱いたまま愕然とその場に膝をつき、フェリクスが声を引きつらせた。

「嘘だろ、どうして……、どうして君が、僕たちを庇うんだ！」

「…っ、フェリクス、さま……」

「いい、無理に喋るな」

アルベルトが切羽詰まった表情で襟元のタイを取り、ハルの傷口を止血する。袖を捲られ、少し触れられるだけでも腕が千切れてしまいそうに激しく痛む。

どうしてだろう。とっさのことで、考えての行動ではなかった。身体が勝手にふたりの前に出てしまったのだ。ふたりにもしものことがあったらと思うと、いてもたってもいられなかった。

フェリクスが、独り言のように切れ切れに言う。

「本当に、なぜなんだ……、僕は君に、あんなに、ひどいことをしたのに？　許されないことをしてしまったのに……」

「いいん、…です、ぼくの命は、おふたりのもの、だから、…おふたりが、助かった、なら……、それだけで」

フェリクスの腕の中で、一度だけ、どうにか小さく首を横に振った。

一向に血は甘くならず、自分を助けてくれた兄弟に今までなにも返せなかった。それどころか、自分の行いのせいで、このような災厄まで招いてしまった。だけどこれで、少しはふたりの力になれたかもしれない。

「ご無事で、よかった……」

ふたりを見上げてうっすらと微笑むハルに、フェリクスの目から大粒の涙が落ちる。

「ああ、ハル……、なんてことだ……、愚かだったのは僕のほうだ……、君を、君の気持ちを、疑ってしまったなんて」

フェリクスは激しく嗚咽しながら、がくりとうなだれる。

馬鹿なと、アルベルトが苦々しげに漏らした。

「あんなもの、私たちにはなんでもないというのに」

アルベルトの言葉に、思わず力ない笑みがこぼれた。助けたつもりが、かえってふたりに迷惑をかけてしまった。本当に、自分はどこまでも役に立てない。

「…なん、だ、じゃあ、だめ、ですね」

「そうだ、だめだ……、だめに決まっている……！」

血の滲む腕をきつく縛りおえ、アルベルトはハルのその手をいたわるように優しく握りしめた。そんなわずかな刺激すら傷口に響いてひどく痛むのに、このまま繋いだ手を放さないでほしかった。庇ったりして、アルベルトとフェリクスに逆に心配をかけてしまった。心苦しいのに、それを嬉しく感じてしまう自分にも気づく。

灼熱に焼かれるような苦痛を感じながら、ハルの胸はたしかに満たされていた。

（おふたりにこんな顔をさせて喜ぶなんて、……ぼくは、ひどい）

フェリクスがその牙を剝きだしにして、今も呆然とするトーマスを鋭く睨みつける。

「やはり、おまえを逃がすんじゃなかった」

射貫くだけで命を奪えそうなほどのフェリクスの眼差しに、トーマスの身体がビクリと跳ねた。空気が張りつめ、痛々しいほどだ。ハルの腕を撃ってしまったことに、トーマスは唇まで血の気をなくしている。

「お、おれ、こんなつもりじゃ……」

「黙れ、……ハルに万が一のことがあったら、おまえも生きていられるとは思うな」

凍りつくようなフェリクスの声に、ますますトーマスの震えが大きくなった。しかし殺気立つフェリクスを制し、アルベルトがトーマスに呼びかける。

「おまえ、トーマスと言ったか」

名前を呼ばれ、トーマスがハッと顔を上げた。

「そちらにハルを渡そう」

激情を押し殺したような低い声で、アルベルトがひそやかに告げる。ハルは耳を疑い、アルベルトの顔を見上げた。決意を湛《たた》えた強く冷静な表情だが、ほんの一瞬、その目が揺れる。馬鹿を言うなと、フェリクスが声を荒らげた。

「アル！　なにを言ってるんだ！」

「フェリクス、ここが潮時だ」

「潮時？」

「ハルは人間だ」

「……そんなこと、なにを今さら」

フェリクスが苦しげに顔を歪める。絶対に放さないとでもいうように、腕の中のハルをきつく抱きしめた。アルベルトはハルを見下ろし、重そうな口をゆっくりと開いた。その双眸に、もう迷いはなかった。

「アル…ベル、…さま……？」

「ずっと思っていた。おまえはこの屋敷に来たことで生きる意味を見つけたと言ったが、それでもやはり人間だ。人の血を吸う私たちという存在に、大きな迷いを抱いていることはわかっていた。地下での出来事を、のみ込むことができなかったのだろう？」

ふっと、アルベルトの切れ長の目が細められる。

「ずいぶん苦しめてしまったな」

「そ、んな」

「それでも手放せずにいたのは、私たちの身勝手だ。すまない。……おまえを苦しめてもなお、そばに置きたいと願ってしまった」

なにを言っていいのかもわからず、ハルは小さくかぶりを振る。

そんなハルを宥めるように、アルベルトが告げた。

「これも、なにかの導きかもしれないな。愛すればこそ、ここでおまえに人としての生を返せと。おまえたちの神が、そう告げているのかもしれん」

「なにが導きだ。そんなもの、君がなにより信じていないくせに」

吐きすてるようにフェリクスが言った。

「しかし、それがハルの人としての幸福だ」

「幸福だって？　本当にここで離れてしまったら、僕たちは二度と会えなくなってしまうのに？　それなのに――」

ぐっと、言葉を詰まらせるフェリクスに、アルベルトが苦渋に満ちた笑みを向ける。

そんなアルベルトを見返し、フェリクスはきつく唇をかんで目を逸らした。ハルを抱く手の力がゆるくなる。ハルを手放せないと強く感じながらも、アルベルトの言葉にも理があることを心の底ではわかっているのだろう。

「……愛しているなら、ハルを人に返せというのか」

力なく言い、フェリクスはがくりと肩を落とした。

ハルはたまらず、ふたりの腕に手を伸ばす。わずかに動かすだけでも腕全体が焼け落ちそうだ。それでも痛みをこらえ、必死に兄弟に縋りついた。

「いや、です」

「ハル……」

「……おまえのためだ」

悲痛な面持ちの兄弟を必死に見上げる。

いいえと、ハルは絶対に首を縦に振らなかった。

「どうか、…ぼくも、いっしょに」

「どうして……、ハル様、なんで？　なんで、そこまでそいつらを選ぶんだよ？　ハル様は、人間なのに……」

喘ぐようにそう訴えるトーマスに、ハルはゆっくりと目線を向けた。こんなにも自分を大事に想ってくれる友人がいて、ハルは嬉しく思う。その手を選べないことにも苦しくてたまらなかった。

それでもハルには譲れないものがあるのだ。

迷いなどない。この先、すべてを捧《ささ》げて兄弟と一緒に生きていきたかった。

母親を失い、人間そのものを憎むアルベルトも、信じた人間の裏切りを許せないというフェリクスも、彼らの抱える傷ごとすべて抱きしめたかった。自分のために心を痛めてくれる彼らが愛しい。この身なんて惜しくない。命を失うのならばその腕の中がいい。

湧き上がる想いに胸が満たされて、それだけでこの世に生まれてよかったと思えた。惨めで辛かった幼い日の出来事も、五年間の空虚な日々も、この気持ちを知るために必要だったのならば、すべてが愛しい。

このとめどなくあふれる、けっして絶えることのない、ふたりへの熱情は——

(そうか、……そうだったんだ)

ハルはこの胸に眠っていた気持ちの正体にようやく気づく。この上なく幸福な、狂おしいほどの想いに胸が溶けてしまいそうだった。他にはなにもいらなかった。ふたりへのあたたかなこの想いさえあれば、それだけで生きていける。

「おふたりを、愛している、から」

確信をもって、想いを言葉にかえる。

言葉にするのと同時に涙があふれた。生きる意味をくれたふたり。この身に流れる血が彼らの生きる糧となるのなら、こんなに幸福なことがあるだろうか。愛する人たちとひとつになる。その身体の中にも、ハルは生きることができるのだ。

愛している。愛されている。

この気持ちを知るために生まれてきた。

「だから、どうか、……これからも、ずっと」

アルベルトとフェリクスが、ハルをきつく抱きしめる。その腕の力強さに、欠けていた心の隙間がぴたりと埋まる。満たされていた。ふたりの抱擁に安堵して目を閉じた瞬間、ふと、頬に滴が落ちてきた。ふたりの涙だった。ハルを抱く身体はこんなにも冷たいのに、こぼれる滴は焼けるように熱い。

吸血鬼の涙のあたたかさが、不思議で、とても愛しかった。

9

襲撃から数週間後。

ロンドンの閑静な高級住宅街の一角。アルベルトとナジが訪ねていた知人の屋敷に、ハルたちはどうにか逃げ延びていた。ハルの腕の傷が治るまでということで、今も身をよせ、厄介になっている。

燃えさかる屋敷を離れ、辻馬車を拾ってロンドンに着いたころには夜が明けていた。朝方に突然、それも訳ありで訪ねたにもかかわらず、隠居後ののんびりした暮らしだからと、吸血鬼の老紳士は気前よく三人を受け入れてくれた。


夕方、老紳士に貸し与えられた寝室でハルが過ごしていると、アルベルトとフェリクスが訪ねてきた。

これまで過ごした屋敷の寝室ほどの広さはないが、淡い青を基調に品よく整えられた部屋だ。窓際のカウチからは通りを見下ろすことができる。街の雑踏なんてハルには何年も無縁のものだったので、本を片手にただ眺めているだけでいくらでも時間を過ごせた。

フェリクスはハルの隣に、アルベルトは椅子に腰を下ろす。肘掛けに凭れ、アルベルトが訊いてきた。

「どうだ、腕の傷はまだ痛むか？」

「いえ、もうほとんど」

包帯はまだとれていないが、痛み自体はだいぶ楽になっている。完治までもう少しというところだった。銃で撃たれ、治療を受けるまで数時間空いてしまったにもかかわらず、ハルの腕は順調に回復していた。弾丸が貫通していたのがよかったのだと、診察してくれた医師が教えてくれた。

しばらくは怪我《けが》の熱が引かず苦しかったが、兄弟がふたりがかりで看病してくれたことは、申し訳ないと思いながらも嬉しかった。

「そうか、痛みが引いたのならばよかった」

「ハルのきれいな肌に傷が残るなんて、悔しいけどね。時間を巻き戻せたら、君をこんな目に遭わせたりはしないのに」

「これでいいんです」

かすかに目を細め、ハルがふたりに言う。

怪我自体は大変なものだったけれど、ハルにはこの傷はなくてはならないものだった。この痛みがあったから、自分の本当の気持ちに気づくことができたのだ。

ふたりへの愛情に気づけたことは、何にも代えがたい幸福だ。

そして、自分が受けるべき罰でもあった。

「これは、おふたりにいただいた贈り物だと思っています。……それに、ぼくはあの屋敷であったことを忘れてはいけませんから」

ハルはそっと、腕に巻かれた包帯を指先でなぞった。

「たくさんの人が、死んでしまいました」

人間も、吸血鬼も、たくさんの命が散ってしまった。使用人たちのほとんどは行方知れずとなっており、再会できたのは、ナジの他は数えるほどしかいない。

兄弟たちは生存者の捜索に尽力しているが、屋敷どころか町にも近づくことができずほとんど成果が上がっていないようだ。国内のあちこちの同族にも連絡をとって、いざというときの彼らの受け入れ先になってほしいと根回しもしているらしい。

しかしそうした苦労を、ふたりはハルに見せなかった。兄弟はけっしてハルを責めない。仲間を失いもっとも辛いのは彼らなのに、それでもハルを支えてくれた。ハルも力になりたかったが、まずは傷を治すのが先だと、兄弟そろって心配された。人間の身体は脆《もろ》いからと、こちらに来てしばらくは寝台から離れることも許してもらえなかったくらいだ。

兄弟に守られていることが嬉しく、同時に苦しい。

人間の襲撃を引き起こす火種を作りながら、自分はおめおめと兄弟に保護されて助かっている。あのときはただ必死で兄弟とともに生きたいと願った。その願いが叶って無事に生き延び、今も彼らと過ごせていることはなによりも幸福だ。

けれどその陰で失われた多くのものを思うと、罪の意識に息が詰まった。

友人を助けたい。

その気持ちが、あれほどの大惨事を招いてしまった。

だからこそ、屋敷で起こったことをハルは憶えていなければならなかった。トーマスに撃たれた腕の傷は、この身体から消えてはならないものなのだ。ぐっと傷痕に爪を立てるハルに、兄弟が優しく声をかけた。

「おまえが気に病むことではない」

「そうだよ、ハル。それぞれの気持ちや行動が、少しずつ食い違ってしまった結果だ。だから、そんなに哀しい顔をしないで」

「ですが……」

姿を消した使用人や焼け落ちた屋敷のことを思うと、今も身を切られるような思いがする。後悔の重みに押しつぶされそうだ。喉の奥から込み上げそうになる苦いものを、ハルは必死にのみ込む。

包帯にきつく食い込むハルの手を外させて、アルベルトがはっきり告げた。

「屋敷で起こることの責任は、すべて主である私たちにある」

「アルベルト様」

「そもそも、人間のおまえを屋敷に住まわせ、こちらの存在を知らせたのは私たちだ。なにが原因だなどと、考えてもキリがないだろう。自分を責めるくらいなら、私たちを責めろ。それでいいんだ」

ふたりの優しさが胸に沁《し》みて、ついにハルは泣きだした。

涙腺が決壊したようにあふれでる涙に頬を濡らし、ハルはたまらず隣に座るフェリクスの身体に抱きついた。胸が詰まって、満足に息もできない。

「でも……！　ぼくにはとても、忘れることなんてできません！」

逞しい胸にしがみついて子供のように泣きじゃくるハルの身体を、フェリクスはしっかりと抱き返した。何度もその背中を撫でさすり、優しく名前を呼んだ。

「ねえ、ハル」

ゆっくりと、フェリクスが言葉を続ける。

「忘れる必要なんてない。……僕たちだって忘れない。だけど、今生きている自分の時間から目を逸らして過去に囚《とわ》われるのは違うよ」

「フェリクス、様……」

フェリクスはハルの背中をさすりながら、真っ赤な目元に口づけをくれた。それでも落ち着かないハルを、放さずずっと抱きしめてくれている。かたわらには、いつの間に近くに来たのかアルベルトも立っていた。

大きなてのひらで頭を撫でられ、ハルの視界がますます涙で滲んだ。

「ゆっくりでいい。時間はこの先いくらでもあるし、おまえのそばには私たちがいる。これから先、ずっとな」

「はい……」

愛するふたりのいたわりに、罪の意識ごとくるみこまれるようだ。兄弟の想いが伝わってきて、涙の勢いはますます激しくなる。これほど身も世もなく号泣してしまうことなんて、初めてのことだった。彼らの前ではもうどんな些細《ささい》な感情も隠さなくていいのだと、心が理解しているのだろう。

ハルの心を覆っていた殻が、ぽろぽろと剝がれ落ちていく。

あと少しだけ泣いたらきっと前を向こうと、兄弟がいるから素直に思えた。

＊＊＊

大西洋の潮風を、ハルはその胸いっぱいに吸い込む。秋が深まり、大海原になびく風もすっかり冷たくなっている。

　広いデッキから空を眺めると、無数の渡り鳥がハルの乗る豪華客船と並んで高く飛んでいた。空には、旅立ちにふさわしい、雲ひとつない青空が広がっている。彼らはどこを目指しているのだろう。ハルたちと同じ、新大陸だろうか。

「まだデッキに出ていたのか」

「出航から何時間も海を眺めて、よく飽きないものだね」

　後ろから、愛しいふたりの声がする。ハルは振り返り、アルベルトとフェリクスに微笑みかけた。「飽きません」と、ふたたび船艇に飛沫《しぶき》を上げる大海原に目線を戻した。

「新しい国は、どんなところでしょう」

「アメリカは私たちも初めてだが、イギリスとそう変わらないのではないか」

「アルに言わせればどこだってそうだろうけど、あちらは広いそうだよ？　イギリスでは屋敷の中ばかりだったから、今度はいろんなところを見てまわろうか」

「はい」

「移り住む屋敷も決まっていない状態で、のんきなものだ」

　あいかわらずそっけないアルベルトだが、ハルに向ける目は優しい。

　イギリスとアメリカを繋ぐ北大西洋航路の巨大蒸気船に乗り込んで、今日が初日だ。

　ようやく腕の包帯がはずれ、兄弟とともに新しい国を目指すことになった。しばらくは三人きりの船旅だった。ナジも他の使用人もいない旅なんて兄弟は不慣れなのではないかと心配にも思ったが、今のところ案外うまくやっている。

大階段に客室、食堂と、ハルたちの過ごす一等船室はどこも豪華で、イギリスの屋敷を思いだした。もう戻らない日々を思うと、どうしても胸が切なく疼《うず》く。それでも、これ以上落ち込んでばかりはいられなかった。

アルベルトとフェリクスのくれた愛情を、無駄にはできない。

前を向いて、彼らと過ごせる喜びをなによりも大切にしようと決めていた。兄弟にこれ以上心配をかけたくないし、彼らもそう望んでいる。新しく始まる新大陸での日々を、心から謳歌《おうか》するのだ。

先のことはわからない。何しろアメリカでの屋敷さえ決まっていないのだ。

それでもただひとつだけ、これからの予定で決まっていることがある。

「あちらで見るオーロラはどうなんだろうね。国によって違うものなのかな」

海風に金の髪をなびかせながら、フェリクスが優雅に微笑む。隣に立つアルベルトもハルを見下ろし、穏やかに告げた。

「ようやく、おまえとの約束を叶えられるな」

アメリカに到着して船を降りたら、三人で北へ向かい、そして約束したとおりにオーロラを眺めるのだ。鮮やかに光るという夜空を想像し、ハルの胸が高鳴った。

「……楽しみです、とても」

アルベルトがハルの隣に並び、その腕をゆっくりと包み込んだ。

「本当に後悔はないんだな？」

「後悔？」

「私たちについてこんな船にまで乗って、本当によかったのかと訊いているんだ。……あのとき、あの子供と屋敷に残っていれば、おまえは人の暮らしに戻れていた。一度きりのチャンスだったのだぞ」

「後悔していると言ったところで、もう手放すつもりはないけどね」

フェリクスがどこか不機嫌そうに言う。

思わずふっと目を細めて、ハルは答えた。

「後悔なんてありません」

かつての屋敷から見る景色と、客船の遊歩甲板から眺める大海原とではまったく世界が違うけれど、兄弟が一緒にいてくれるのならばなにも変わらない。ハルにとって大切なことは、アルベルトとフェリクスがそばにいるかどうかなのだ。

「ぼくは人間で、吸血鬼ではありません。おふたりと同じように生きられたらと思うこともあります。だけど、それよりも人間としてそばにいられてよかったと、そう思っています」

「なぜ？」

フェリクスが意外そうに首をかしげる。

「人間でなければ、おふたりに食べていただくことができませんから」

「ハルは、僕たちに食べてほしいの？」

「はい」

ハルは素直にうなずいた。

「おふたりに血を吸っていただくと、いつも胸がそわそわして落ち着かない気持ちになります。最初はなぜだかよくわからなかったのですが、……今は、はっきり、それが幸せの証なのだと感じるんです」

しっかりと告げるハルに、アルベルトがかすかに微笑んだ。

「そこまでねだられて、希望を叶えてやらないわけにはいかないな」

「君の腕の怪我を考えて、これまでずいぶん我慢していたからね。これまでのぶんも、今日はたっぷり抱いてあげないと」

ふたりの言葉に、ハルはその顔を真っ赤にする。

「す、すみません、そういうつもりで言ったのでは……」

「いやなのか？」

アルベルトの問いに、ハルは耳まで赤くしてそっとうつむいた。とくとくと騒ぐ胸の鼓動を感じながら、いいえと答える。

「……どうか、ぼくを食べてください」

「いい子だ」

フェリクスがにっこりと笑い、優しくハルの手を引いた。

そのまま客室に戻り、広い寝台の上に優しく下ろす。豪華な室内装飾になど目もくれず、ハルたちはお互いだけを見つめていた。部屋に戻る途中、手を引かれる姿を多くの人が驚いたように見ていたけれど、そんなことも気にならない。

フェリクスに続いてアルベルトも寝台に乗り上げた。三人で同じ寝台に上るのはずいぶん久しぶりだ。美しく逞しい兄弟に左右から見つめられ、ハルの胸がとくりとはずむ。

アルベルトがハルの頬に軽く手を添えて、雄々しい眼差しで見つめた。

「私たちふたりで、おまえをとことん愛してやろう」

「…っふ」

そう言うなり、アルベルトに深い口づけを与えられる。侵入してきた舌の強引さに、ハルはアルベルトの欲望を感じる。

それほど求められているのだと思うと、それだけでハルの身体にも甘い悦びの火が灯《とも》った。

ちゅくちゅくと丹念な舌戯を受けながら、兄弟ふたりがかりで衣服を脱がされる。四本の腕が器用に動きまわり、あっという間にすべてを剝ぎ取られてしまった。兄弟もすべてを脱ぎ去り、その逞しい体軀《たいく》に胸がはずむ。

「アルばっかりずるいな」

「――んっ、んぅ！」

拗《す》ねたような言い方で、フェリクスがハルの顎に指を伸ばして自分のほうを向かせる。奪うようにして唇を重ねられ、兄と弟の唾液がハルの口内で混ざりあった。舌を搦めあい強く吸われると、頭の芯が痺れるようだ。

あふれるほどに送り込まれたふたりの唾液を、ハルはこくりと嚥下する。ふたりがくれる媚薬に、ハルの身体はすぐに甘く疼きはじめた。

「…あっ、ん」

フェリクスの手が、ハルの胸に伸ばされる。ひやりと冷たい感触に、ハルはたまらず腰を浮かせた。まだ小さな乳首を弄び、性感帯へと育てていく。口づけられながらその細い指先で摘ままれると、どうしようもなく息が上がっていった。

小さな快感にぼんやりとするハルの両足を、アルベルトが大きく割り開かせた。みずからその間に入り込み、まだやわらかな下肢をその口に含む。

「や、っ……！」

茎の部分を湿った粘膜全体で愛撫され、眠っている快感を揺さぶり起こされた。じゅっと強く吸われると、一気に下肢が大きくなっていく。根元から先端までを何度もその口で擦られ、たまらずハルの太股が震えた。

「ん、んぅ、う…っ」

直接的な刺激に呼吸が荒くなるけれど、一緒に与えられるフェリクスのキスで唇を塞がれてまともに呼吸もままならなかった。酸素が欲しくて大きく口を開けたところで、フェリクスの舌に大胆な動きを許すだけだ。

口と下肢との両方を、兄弟それぞれの舌で攻められる。その上乳首まで指先でくにくにと転がされては、正気を保てるはずもない。いくつもの敏感な場所を一気に弄《いじ》られ、ハルは快楽の波に溺れてしまいそうだった。

「あ、あぅ…ん…っふ」

「あっという間にこんなに大きくして……、もっと欲しいと泣いているぞ」

アルベルトの言葉のとおり、ハルの性器はすっかり張りつめて震えていた。とろとろと蜜をこぼし、もっと触ってと泣いている。

「願いを叶えてやる」

ふっと笑うと、アルベルトはさらに大きくハルに足を開かせた。そして露わになった秘めやかな蕾に、ツッとその指を差し入れる。

その指は、ハル自身のあふれさせた蜜でまみれてぐっしょりと濡れていた。

「はっ、あん」

アルベルトは口淫を続けながら、後孔にも悪戯を開始する。

アルベルトの長い指が、身体の内側にじわじわと侵入してきた。久しぶりの刺激が待ちきれないとばかりに、蕾がいやらしく蠢いている。中で暴れる指をひくりと締めつけ、さらに奥へと誘い入れるようだ。

内側の強く感じるふくらみを、アルベルトの指がぐにぐにと刺激する。この身体の弱いところなど、アルベルトとフェリクスにはすべて暴かれている。腹の中から直接的に快感を引きずり出され、ハルは恍惚《こうこつ》としてしまう。

「——ひっ、い、ん」

中を強く抉られ、それと一緒に勃ち上がった下肢の裏側に舌を這わされた。肉厚な舌のざらりとした感触にどうしたって身体が震えてしまう。びくびくとわななくハルの身体を叱るように、今度はフェリクスに乳首をぎゅっと強く摘まれた。

「あぁ、あっ、う」

身体全体が性感帯になったみたいだ。敏感な場所をふたり同時に愛撫されては、どこでなにを感じているのかももうわからない。

「あっ、や、まってくだ、さ……あっ」

「ふふ、可愛いな、……もうこんなにとろけた顔をして」

顔の角度を変え、さらに深く口づけられる。

久しぶりにふたりに抱かれるからだろうか。ひとつひとつの刺激に感じすぎてしまって、とても身体がもたない。ふわふわと夢見心地で快感に浸っていたはずが、次の瞬間には稲妻のような激しい刺激が身体を駆け抜ける。その落差に自分を保つ余裕などなく、あっという間に達してしまいそうだった。

身体に燻《くすぶ》っていた熱がぐっと大きくなり、身体の内側を焦がしていった。脳天を突き抜けるような射精感に、ついには意識まで焼きつくされる。

もうだめ、こんなにされてはもう我慢なんてできない。そう思った瞬間、快感の大波にのまれて目の前が真っ白になった。

「や――……っ！」

いつの間にか三本に増えた指で身体の奥まで貫かれ、ハルはあっけなく快楽に陥落した。勃ち濡れた性器はアルベルトの口の中だ。やわらかく濡れた粘膜の中に、ハルは泡のような精を放つ。トクトクとあふれる蜜を、アルベルトは強く吸い上げた。

「あ、あ、…あ、ぅ……っ」

射精の余韻に浸ることも許されず、ちゅくりと舌で揉み込むようにして残滓《ざんし》を吸われる。解放後のままならない下肢を思うさまその口内で転がされ、ハルの目から快感の涙がこぼれた。しどけなく力の抜けた身体が、ビクビクと勝手に反応してしまう。

感じすぎて苦しい。ひと息つきたいとハルは願うが、兄弟の愛撫は止《や》まなかった。むしろ快楽に乱れるハルの姿に、彼らの欲情の炎はさらに燃えさかっていく。

アルベルトがハルの下肢から唇を離し、後孔からも指を引き抜いた。突然刺激を中断され、ハルはたまらず背中を大きく撓《しな》らせる。

「っ、ぁう……」

「ハル、下を向こうか?」

「し、た……? あっ」

フェリクスに促され、ハルは四つん這いの体勢をとらされた。目の前にはフェリクス、そして後ろにはアルベルトがいる。みずからの後孔をアルベルトの眼前に突き出すような格好で、恥ずかしさに耳まで燃えた。

「今日はとくに丁寧にほぐしてやろう。そうでなければ、後がきつい」

「…やっ、あ」

含みのある言い方で、アルベルトがぐっとハルの尻たぶを広げる。内側の赤い媚肉までをその目に晒され、たまらずハルの目元に羞恥の涙が滲んだ。アルベルトの指で充分すぎるほどに拡《ひろ》げられた蕾は、刺激を求めてひくりと口を収縮させている。

早く、またその指でかき回してほしい。快感を求めてそんなことを思う自分に、ハルはひどく羞恥を覚えた。それでも待ちきれないと欲情のほうが今は強い。

しかし後孔に触れるやわらかく湿った感触に、ハルはヒッと腰を揺らした。

「アルベルト様、まさか…っ」

アルベルトが、ハルの後孔に唇をよせている。

閉ざされた蕾にたっぷりと唾液を塗り込まれ、その舌で内側を丁寧にほぐされた。ちゅくちゅくと水音をさせて舌で抉られるたび、ハルの腰がガクガクと震えた。アルベルトの唾液のせいか、身体の内側がみずから蠢き濡れる性器のようになる。

「や――っ、あ、あ、あつ、い……！」

アルベルトの舌が火を放っているように熱かった。ぐずぐずにそこから溶けて、快感の波に沈んでしまいそうだ。だめ、だめ、と譫言《うわごと》のように呟きながらも、みずから腰を揺らしてしまう。

アルベルトにこんな場所にまで奉仕させてしまうなんて。こんなことはいけない、許されないと思いながらも、与えられる刺激には抗《あらが》えない。

「ハル、その可愛い唇を開けてごらん」

強すぎる快感に霞む頭に、フェリクスの声が響く。

言われるままにおずおずと唇を開くと、ぐっと、そそり立った雄をあてがわれた。赤みを帯びた凶器のような男の象徴に、ハルはこくりと喉を鳴らす。フェリクスの欲情だ。堂々と匂い立つような雄芯に、ハルの胸がはずむ。

なにを言われるまでもなく、ハルはフェリクスの滾《たぎ》りに舌を這わせた。

「ん……ぅ……」

ひらひらと舌を閃《ひらめ》かせて、その先端を舐める。じわりと滲む精を夢中になって吸った。わずかに苦いけれど、一度味わうとひと滴だってこぼすのが惜しくなる。これがフェリクスの欲望の証だと思うと、不思議と甘くさえ感じるようだった。唇の先でちゅくちゅくと脈打つ裏側を吸い上げる。

懸命に口を動かしていると、フェリクスが優しく頬を撫でてくれた。

「ハルは、これが好きなの？」

「…き…、すき、…です」

恥ずかしいけれど、嘘はつけない。高い位置にあるフェリクスの顔を見上げて、ハルは口淫しながら答えた。

「すきです、フェリク…さまの、おいし…っ」

すべてを飲もうと喉を鳴らす。けれど後孔で感じるアルベルトの舌に身体が震えて難しかった。口ではフェリクスの精を味わい、同時にアルベルトに快感を与えられる。

濡れた舌での丹念な愛撫が気持ちよくて、下肢がとろけそうに感じる。しかしもっと奥まで届くなにかが欲しい。自分でも欲張りだと思うけれど、疼く身体は正直だ。ハルの素直な蕾は、ものほしさを隠すことなく、パクパクと開いたり閉じたりを繰り返している。

そんなハルの反応に、アルベルトがふっと笑った。

「そろそろいいか。ハルも待ちきれないようだ」

「……はい…っ、アルベ…トさま、…くださ……！」

今すぐその昂《たか》ぶりで貫いてほしい。擦ってほしい。欲しくて欲しくて、どうにかなってしまいそうだ。

「いいだろう、おまえの望むだけ」

「ひっ――ぃん」

そう言われ、ハルの後孔にアルベルトの杭が打ち込まれる。ぐっと一気に奥まで穿たれ、たまらずハルの腰がガクガクと震えた。指や舌とは段違いの充溢《じゅういつ》感に、ハルの全身が痺れたようになる。

待ち望んでいた欲望に恍惚としたそのとき、アルベルトがうつぶせていたハルの上体をぐっと起こした。

「んっ、あ、あ……っ」

体勢が変わったことで挿入している雄の角度が変わる。より深く抉られ、ハルはたまらず嬌声をもらした。先走りに濡れたアルベルトの欲望が、奥深くをぐりぐりと抉った。なぜ、と肩を震わせるハルの両足を、フェリクスはさらに大きく持ち上げる。

またしても結合したままで角度が変わり、ハルの意識が飛びそうになった。

「やっ、だ、だめ、あ……っ！」

「――僕のも一緒にのみ込んでみようか？」

しかしフェリクスのとんでもない発言に、ハルは一気に我に返る。

今自分の腹を満たすアルベルトの雄だけでもすごい圧迫感なのに、この上フェリクスの雄まで受け入れては、身体が壊れてしまう！

「やっ、…そんな、一緒に、なんて……！」

「大丈夫。そのために、アルが丁寧にほぐしてくれたんだよ」

でも、と躊躇する言葉は、フェリクスの重ねるだけのキスで遮られた。

「僕たちふたりを、受け入れてくれるよね？」

「えっ、あ、あっ、うそ、あぁ――……っ！」

アルベルトが入っている中に、さらにフェリクスまでが侵入してくる。限界を超えてぐいぐいと身体が拓《ひら》かれていく感覚に、ハルは大きく背中を仰《の》け反らせた。しかし背後にはアルベルトがいて、どこにも逃げ場なんてない。

無意識に暴れる上体を、アルベルトの逞しい腕でぐっと抱きしめられた。

「ん、あっ、さ、さけ、ちゃ……！」

あまりの圧迫感に目に涙が浮かんだ。短い呼吸を繰り返して、目尻を濡らすハルの首筋に、つぷりと、アルベルトが牙を立てた。――同時に、フェリクスも。

そのままふたりして血を啜られ、くらりと意識が軽くなる。

「ひっ、ん」

唾液を送り込まれたのか、ガチガチに固まっていた身体が弛緩《しかん》し、フェリクスの雄がぐっと奥まで侵入してきた。これ以上ないほどに狭隘《きょうあい》を拓かれ、彼らがわずかに動くだけでも全身に電気が流れるようだった。

アルベルトとフェリクス、ふたりの杭を受け入れ、身体は苦しいのに恍惚としてしまう。とても無理だと思っていたのに、たまらない酩酊《めいてい》感を覚える。寒気にも似た快感が、ハルの身体を駆け抜けた。

愛するふたりに支配されている。

身体も心も、すべてが彼らで満たされている。

なんという快感なんだろう。前後からぴたりとくっつく兄弟の肉体の屈強さにも、大きく胸がはずんだ。

「あ、ん、ぅ…っ」

熱に浮かされたように喘ぐハルの首筋から牙を離し、アルベルトがつっと舐め上げる。驚いたなと、夢を見ているようなうっとりとした声がハルの耳元で聞こえた。吐息のような囁きに、ゾクリとハルの肌が粟立つ。

「これまでとはまったく味が違う。まさか、これほど濃く甘美なものだとは……」

「本当に参った……、すべて吸い尽くしてしまいたくなるよ」

フェリクスまでもが恍惚とした様子で告げた。

満足げなふたりの声の響きに、ハルの胸がじわりと満たされる。――この血が美味しいと、兄弟はそう言ってくれているのだろうか。幸福に熱くなる胸をはずませ、ハルは唇を震わせてふたりに尋ねる。

「ぼくの血、…おいしい、です、か」

もちろんだよと、フェリクスが首筋にキスをした。

「まさかこんなにも甘いなんて……、これが君の幸せの味なの？」

「ますますおまえを放せなくなる……っ」

言うなり、ふたりが一緒にハルの身体を突き上げた。

「ひゃっ、――あっ！」

ぐいぐいと揺さぶられ、ハルの視界が激しく光る。

嬉しい。嬉しい。ようやく、兄弟がこの血に満足してくれた。彼らの揺さぶりにうっとりとしながら、ハルははっきりとそう実感する。うねる大波のような快楽に溺れ、この上ない幸福感に包まれる。

これまでずっと、自分などなんの役にも立てないと思っていた。けれど、兄弟を愛し、愛されることで、この身体はあふれるほどの幸福に満たされ、流れる血も味を変えた。幸福の味、――最高に甘美な血へと。

「うれし、…っひん……！」

兄弟の揺さぶりは強く深く、ハルに抱く劣情の強さを知る。

アルベルトとフェリクス、それぞれの雄が腹の中をごりごりと自在に蠢いていた。予測のつかない動きで媚肉を擦られると、両足が引きつるようになる。ふたりがかりで獰猛《どうもう》に揺さぶられ、彼らの先走りがハルの中を熱く濡らしていく。

「ひっ、う、あ、あん、き、きつ…っん」

ふたりぶんの精に濡れた後孔が、擦られるたびにじゅぷじゅぷと卑猥《ひわい》な水音を立てる。後孔からもあふれ、ハルの尻をじっとりと濡らした。兄弟に挟まれて身も捩れない状況で、揺さぶられるままに身悶える。

彼らの体温は冷たいのに、擦れあう皮膚が燃えるようだ。汗ばんだ額や首筋に男の色香を見出し、ハルの鼓動がさらに速くなる。

「ハル……」

「――んっ、う」

激しく穿たれながら、フェリクスに唇を重ねられた。ちゅくちゅくと互いを貪るように口づけていると、アルベルトにも項《うなじ》を吸い上げられた。そのうえきつく乳首を摘まみ、ぷっくりと芽吹いたそれを指先で弄ばれる。

「んっ、んう、ふ、う……」

フェリクスの舌に嬌声まで封じられて、身体の内の熱は完全に逃げ場を失った。弄られ、突き上げられるほどに甘い疼きが身体を暴れ、ハルをおかしくしていく。

喰《く》らいつくされる。

ハルは悦びに朦朧《もうろう》とした意識の中で思った。

だけどふたりにならば、この身体を喰われても、血を吸われても、なにをされても構わない。すべて喰らいつくした後は、空になった体内をふたりの精でいっぱいにしてほしい。そう願う自分はおかしいのだろうか。たとえおかしくても、これがハルにとっての幸福だ。他の誰が望まないかたちでも関係ない。

数えきれないほどふたりの欲望で隘路を擦られつづけ、ハルの二度目の絶頂が近づく。ぶわりと泡のようにふくらんで、脳天の皮膚にまで鳥肌が立った。

「ん、や、うそ、う、そ——……！」

フェリクスの唇から逃れ、ハルは切れ切れに喘ぐ。

これほどの快感は初めてだった。限界を超えた欲望で埋めつくされ、思うままに蹂躙《じゅうりん》される。果てしない未知の刺激に、とても正気を保てない。

「ああっ、や、あっ、んぅぅ」

腰のぶつかる音と水音とが、ハルを耳からも犯していく。身体の奥でふくらみつづける快感が出口を探し、稲妻のようになって駆け抜けた。フェリクスにつうっと頤《おとがい》を舐められ、アルベルトの牙が肩に食い込む。

「あ、あっ、あっ、きちゃう――っ」

ひときわ強い抽挿に、ハルは甘い喘ぎとともに飛沫《ひまつ》を放った。射精に合わせてきゅうきゅうとハルの後孔が淫らにひくつく。中を濡らしていた兄弟の精がさらにこぼれ、いっぱいに咥《くわ》えた二本の雄を締め上げた。

濡れた媚肉できつく絞られ、アルベルトとフェリクスが熱い吐息を漏らす。

「…っく、きついね……」

「ハル……っ」

兄弟はハルをさらに強く抱きしめ、切なげな声を出した。ハルを犯す雄芯が、それぞれびゅくりと震えて中で大きさを増す。これ以上ないほどに張りつめたのち、ほぼ同じ瞬間に精を放った。狭い後孔をこぷりと精液が満たす。

尻の狭間からこぼれる男の匂いが立ち上り、ハルはうっとりと酔いしれた。身体の最奥まで兄弟に支配されたことが嬉しい。熱い吐息を吐きながら、ハルは満たされた想いでくったりとふたりの身体に凭れた。

ハルの肩に、アルベルトが口づける。

「ハル、愛している……、おまえだけが私たちのディナーだ」

「これからもずっと、君の血しか口にしないと誓うよ」

フェリクスは眩《まぶ》しいものを見るように、その碧い目をやわらかく細めた。

愛を乞うようなふたりの囁きに、指先まで熱く痺れるようだった。愛され、求められる悦びに、心が震える。彼らに求められて生きる悦びを、ハルはたしかに感じていた。

新天地に向かう船の中、彼らはさらに愛を深めていくのだった。

出発から五日後。イギリスから到着した客船がニューヨーク港に碇《いかり》を下ろした。

明るく陽気な日差しと賑《にぎ》わう喧噪《けんそう》の中、船から伸びる舷梯《げんてい》を次々に乗客たちが下りていく。

ハルと兄弟、人間と吸血鬼たちの船旅も今日で終わりだ。

道を示すように前を歩く兄弟の背中を、ハルは恋しい眼差しで見つめた。アルベルトとフェリクス。彼らは今もハルの生きる希望であり、理由だ。港に立ち、こちらを振り返る兄弟に、ハルは愛しさを込めて微笑みかけた。

これからもずっと、愛するふたりのディナーでありたい。

そう願いを込めて、新しい地に最初の一歩を踏みだした。

あとがき

はじめまして、こんにちは、田知花千夏です。

いつだったか、とあるテレビ番組に「私は幸せに生きた動物の肉しか食べたくないの、だから肉を食べないのよ（その動物が幸せに生きたかなんてわからないから）」と発言するビーガンの女性が出演していました。今作は吸血鬼＋３Ｐというテーマで執筆したのですが、彼女の発言が主役のふたりである吸血鬼兄弟の大きなヒントになりました。

食に恵まれた吸血鬼と、その日のパンにもこと欠く人間。そんな彼らがいたとして、恋に落ちるならどうなるだろうと、大変妄想を膨らませて執筆することができました。

舞台はヴィクトリア朝のイギリスです。光と影の濃い、変化に富んだ魅力的な時代です。好きな時代を舞台に執筆ができ、そのうえみずかねりょう先生の美しいイラストで登場人物を描いていただけて本当に幸せでした。特に、妖美な色気の漂う表紙には、心を奪われっぱなしです！　眼福。みずかね先生、お忙しい中本当にありがとうございました。

最後に、いつもお世話になっている担当編集者様をはじめ、この本の出版や流通に関わってくださったすべての方、そして読者様に深く感謝を申し上げます。

ご縁のある皆さまの今日が、素敵な一日になりますように。

また、どこかでお目にかかれることを願っております。

二〇一四年　十一月　田知花千夏

初出一覧 ◆◆

吸血鬼たちの淫らな晩餐 /書き下ろし

B♥PRINCE
http://b-prince.com

B-PRINCE文庫をお買い上げいただきありがとうございます。
先生へのファンレターはこちらにお送りください。

〒102-8584
東京都千代田区富士見1-8-19
株式会社KADOKAWA　アスキー・メディアワークス
B-PRINCE文庫　編集部

吸血鬼《きゅうけつき》たちの淫《みだ》らな晩餐《ディナー》

発行　2015年1月7日　初版発行

著者　田知花千夏
©2015 Chika Tachibana

発行者　塚田正晃

プロデュース　アスキー・メディアワークス
〒102-8584　東京都千代田区富士見1-8-19
☎03-5216-8377（編集）
☎03-3238-1854（営業）

発行　株式会社KADOKAWA
〒102-8177　東京都千代田区富士見2-13-3

印刷・製本　旭印刷株式会社

小社ホームページ　http://www.kadokawa.co.jp/

Printed in Japan
ISBN978-4-04-869088-1 C0193